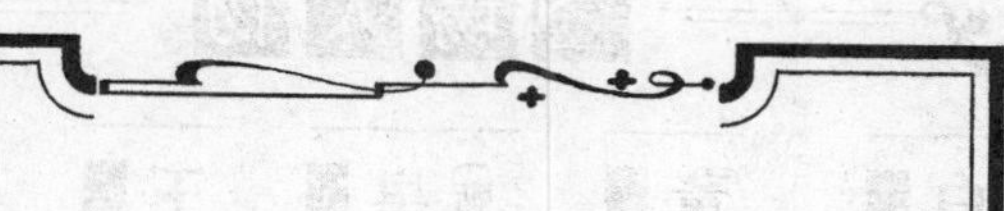

メディアワークス文庫

水の後宮

鳩見すた

JN073752

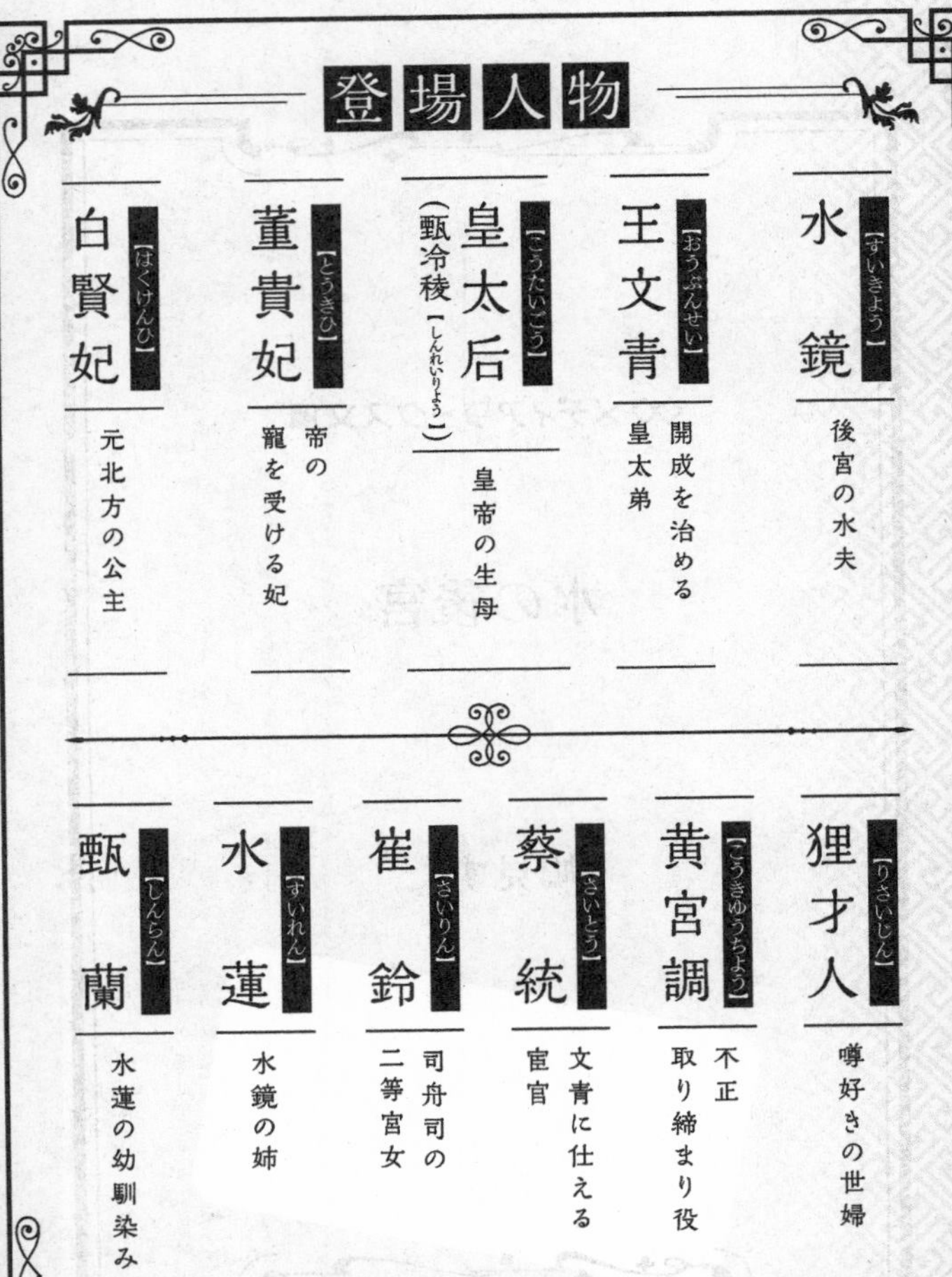

登場人物

水鏡【すいきょう】
後宮の水夫

王文青【おうぶんせい】
開成を治める皇太弟

皇太后【こうたいごう】（甄冷稜【しんれいりょう】）
皇帝の生母

董貴妃【とうきひ】
帝の寵を受ける妃

白賢妃【はくけんひ】
元北方の公主

狸才人【りさいじん】
噂好きの世婦

黄宮調【こうきゅうちょう】
不正取り締まり役

蔡統【さいとう】
文青に仕える宦官

崔鈴【さいりん】
司舟司の二等宮女

水蓮【すいれん】
水鏡の姉

甄蘭【しんらん】
水蓮の幼馴染み

蒼国簡易宮廷図(後宮部)

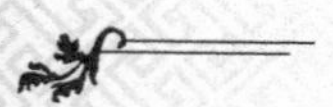

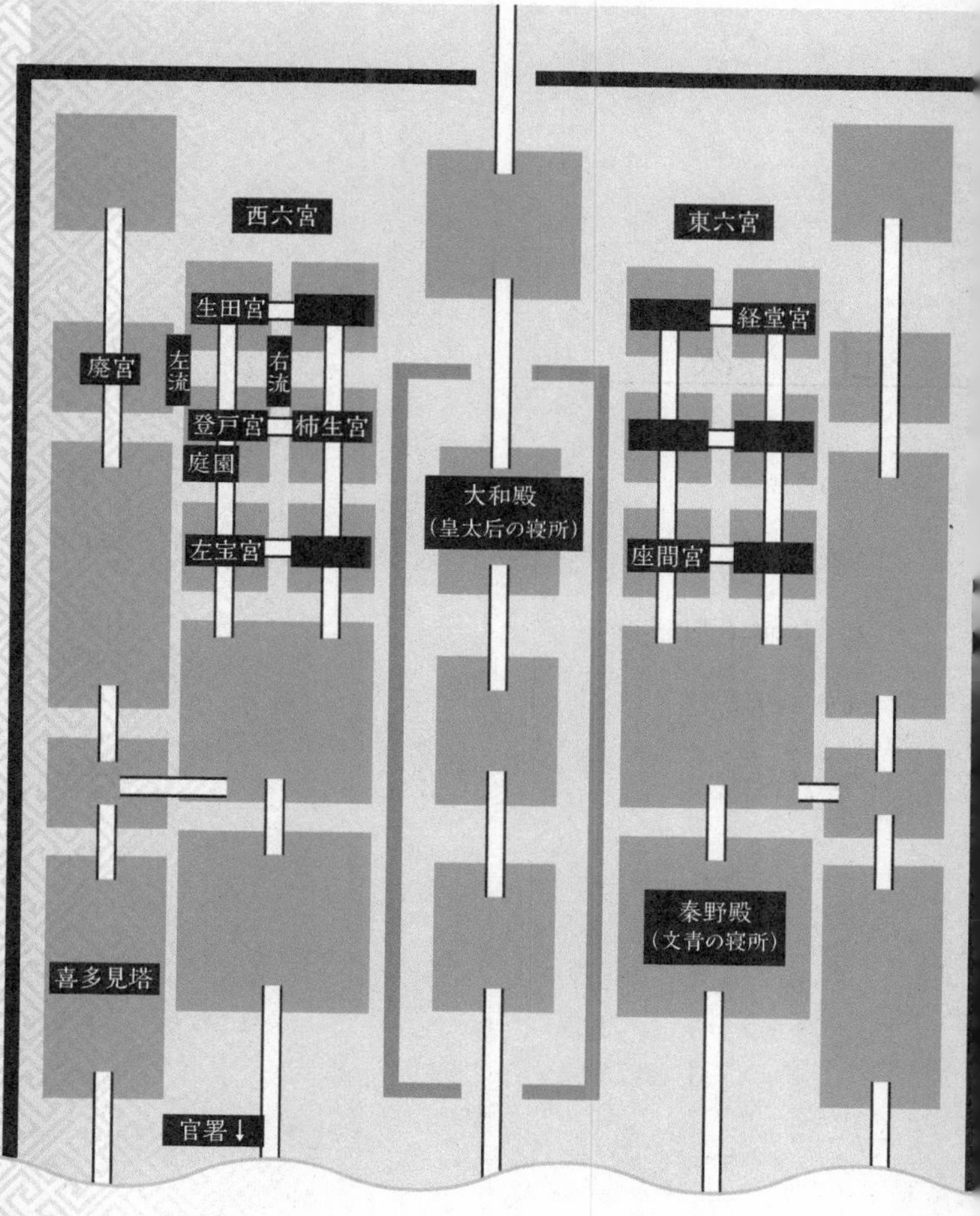

西六宮
東六宮
生田宮
経堂宮
廃宮
左流
右流
登戸宮
柿生宮
庭園
大和殿
(皇太后の寝所)
左宝宮
座間宮
秦野殿
(文青の寝所)
喜多見塔
官署↓

目　次

水の後宮

一　水鏡、後宮の光と闇を見る

王朝の号が長後となって一年。

新たな帝の世を迎えてなお、蒼の国は変わらず泰平を維持している。

建国の祖たる安洛帝は、水の入り組む永山州に居城を築いた。

狛江と黒川。

二本の大河が交わるこの地において、宮城は水の上にある。ゆえに異民族や各地の王が二心を抱いても、水軍を擁さねばおいそれと攻めこむこともできない。おかげで蒼は長きに渡って民にも兵にも血が流れず、安洛帝の善政は讃えられた。

その子孫にあたる若き今上帝、すなわち当代の皇帝陛下である王文緑も、同じく水の後宮に居を構えている。

後宮は帝が家庭生活を営む場所だが、その規模は街よりも大きい。網の目のように走る水の路——川路の間には、無数の宮殿や建物が存在する。

皇族以外で後宮に暮らすのは、帝の世継ぎを授からんとする妃嬪たちと、妃嬪の世話をする宮女たち。その数あわせて三千人。

妃嬪も宮女も、形の上ではみなが帝の妻になる。

富水（ふすい）の都（みやこ）で商（あきな）いを生業（なりわい）にしていた水鏡（すいきょう）も、いまはそのひとりだ。

川路のほとりに、陸揚（りくあ）げした小舟が腹を見せている。

舟底に腰かけて櫂（かい）の手入れをしていた水鏡は、近くで鳥のさえずりを聞いた。

鳥のいそうな方角に見当をつけ、徐々に視線を上げていく。

水面（みなも）、桟橋、建物を支える石垣ときて、その上に生えている梅の木に、かわいらしい黄鳥（うぐいす）が留まっているのを見つけた。

今日は温（ぬく）いと思っていたが、どうりで春の始まりらしい。

「あの子、商人の娘なんですってね。なのに後宮に入ってくるなんて、器量のせいで婿が取れなかったのかしら。おかわいそうなこと」

水鏡が居座る桟橋のそばで、ひとりの宮女が聞こえよがしに言った。宮女の取り巻きがくすくすと笑ったが、水鏡は意に介さずにあくびをひとつする。

泰平の世の、うららかな陽気の一日。水面を眺めて水音を聞いていると、目覚めたばかりでも眠くなってしまう。

「ちょっと、水鏡。あなたやる気はあるの」

陰口に平然としている新人が気に入らないのか、二等宮女の崔鈴が水鏡に詰め寄ってきた。

「私たちは司舟司所属の宮女なのよ。後宮内でも特別な、人の命を預かる水夫なのよ。自分の職掌に自覚を持ちなさい」

司舟司は川路を管轄する後宮の官署だ。所属する宮女の主な仕事は、帝の側室たる妃妾たちを、駕籠の代わりに舟で運ぶことになる。

司舟司では百人からの宮女が働いており、こうしてあちこちの桟橋で客がくるのを待つのが常だ。蒼で舟を操る人々は男も女も水夫と呼ばれるが、それは後宮であっても変わらない。

「水夫って、特別なんですか」

櫂の手入れを続けながら、水鏡は平然と返した。

「当たり前でしょう。私たちの仕事は、人の死が身近にあるのよ」

「でも司食司や司寝司の宮女たちも、人の命を預かってますよ。後宮内では川路で溺れるよりも、毒や病で死ぬほうが圧倒的に多いです。水夫なんて誰でもできるような仕事で、自分が特別だなんて思えませんよ」

水鏡が淡々と事実を述べると、崔鈴が夜叉の顔になった。

「また口答えを！　ちょっと司宝司の事件を解決しただけで、四等宮女が私より偉くなったつもりかしら。いい気になっているみたいだから、自分の立場をはっきりわからせてあげないとね」

「もったいつけなくても。どうせ罰は物置き暮らしの延長でしょう」

宮女たちはみな、所属の宮殿や官署で寝食を共にする。しかし水鏡は崔鈴にたてついたことで、すでにひとりだけ物置き暮らしを命じられていた。

暗く、寒く、有象無象の虫がうごめく土間でのひとり寝を経験すると、普通はどんな跳ねっ返りもおとなしくなる。

「物わかりがいいのね。いますぐ土下座すれば、七晩だけで許してあげるわ」

先輩宮女が意地悪く口の端を上げたところで、水鏡は即答する。

「嫌です」

「このっ――」

崔鈴が再び夜叉の顔になりかけたところで、周りの宮女がにわかに畏まった。

「狸才人に、ご挨拶を」

みなが一斉に膝を曲げたので、水鏡も立ち上がって倣う。

「ごきげんよう。なんの騒ぎかしら。なにか面白いことでもあったの」

きらきらと目を輝かせて現れたのは、ぽってりと太った猫——のように見える、妙齢とは言いにくい妃妾だった。

才人は四妃(しひ)九嬪(きゅうひん)の下位に当たる二十七世婦(にじゅうしちせいふ)の位で、こう見えて帝の伽(とぎ)をする側室のひとりになる。水鏡のような宮女からすれば、雲の上にいる存在だ。

「いえ。なんでもありません、狸才人」

崔鈴が横目で水鏡をにらんだ。命拾いしたわねというように。

「ならよかったわ。ちょっと出かけたいから、水鏡を借してちょうだい」

狸才人も片目を閉じて水鏡を見た。命拾いしたわねというように。

——うまくいかないものだ。

水鏡は無表情のまま、心の内で苦笑した。

ゆるやかに流れる水の上に、幾多の舟が浮かんでいる。

後宮全体に張り巡らされた川路は、巷(ちまた)で言うところの道路だ。駕籠の代わりに使われるのが小舟であり、馬車の役目を持つのが輿船(こしぶね)になる。

川路の幅は街中のものよりやや広く、輿船が五、六艘(そう)は横に並べた。水も人々が暮らす市井(しせい)に比べ、よどむところなく透き通っている。

川路と川路の間には、妃嬪が暮らす宮殿や、宮女が勤める官署、そして宦官たちが手入れをする美しい庭が散在していた。

後宮の要所には石橋がかかっており、建物から建物へは徒歩で移動することもできる。しかしたいていの場所には川路へと下りる石段があり、桟橋で待っていれば水鏡のような水夫が漕ぐ舟を拾えた。

——いつ見ても、壮観。

櫂で小舟を漕ぎながら、水鏡は目を細める。

春の陽射しに光を返す、まばゆく澄んだ水の流れ。

鮮やかに咲く季節の花々と、豪奢でありながら景観を損ねない建物の数々。

ゆえあって商家の親元を離れ、宮女となってひと月。

人々の足として舟を漕ぐ日々が嫌にならないのは、この桃源郷のごとくに美しい光景のおかげだ。いかに商人でも、この山水にだけは値がつけられない。

たとえ内情は腐った果実のようにどろどろと醜くとも、後宮の美しさだけは偽りのない清らかなもの——水鏡はそう思っている。

ゆえに目下は上機嫌だった。人から見れば仏頂面かもしれないが、心の中ではこっそり舞うような気分で櫂を動かしている。

「気のせいかしら。水鏡の機嫌がいいように見えるわ」

乗客の狸才人が言った。

水鏡が漕いでいるのは四人乗りの小舟だ。いまも舟の艫で櫂を動かす水鏡と、中程に座る狸才人との間には、ひとりかふたりは座れる空きがある。

本来ならば乗客は漕ぎ手に背を向け行く手を見るが、狸才人はいつも水鏡の顔を眺めながら話すのを好んだ。

「上機嫌ですよ。水の後宮は今日も美しいので」

「だったら笑えばいいじゃない」

その通りなのだが、水鏡は半ば笑顔を忘れてしまっていた。

仙女のごとくに美しい姉と育ったせいで、誰も自分に目を向けない。おかげで笑うことに意味を見いだせず、気づけばずっと無愛想になっている。

「まあいいわ。それより水鏡。あの子の領巾はどう」

狸才人がささやき声で言い、隣を行く小舟に視線を向けた。

乗船しているのは世婦より下位の妃妾である御妻で、その肩にきらびやかな一条の布をかけている。狸才人はその値踏みをご所望のようだ。

「銀子で弐足らず、といったところでしょうか」

「嘘でしょう。あんなに美しい絹なのに」

「触れればわかりますよ。雑糸を薬液に浸せば、偽絹は簡単に作れます。領巾は複雑な縫製も必要ないので、極めて安価に作れますから」

まあと、狸才人が目を丸くした。

「じゃあこれは。ちょっと曇ってるけど、一応ちゃんとした翡翠よ」

着ていた襦の袖をまくり、狸才人が腕をつきだした。丸い手首に大きめの腕輪がはめられている。かなり古い物であるらしく、くすんだ石の輝きは鈍かった。

「金子で壱ほどでしょうか」

「そんなに！　もっと安いと思ったのに……ああ、なるほどね」

驚きの表情から一転、狸才人は訳知り顔でうなずいた。

「水鏡は優しいのね。私が身につけているものだから、気を使って高く見積もってくれたのでしょう。でもこの腕輪はね、子どもの頃に祖母がくれた物なの。だから私にとっては大切だけど、たいして値はつかないとわかっているわ」

「でしょうね」

水鏡がさもありなんとうなずくと、狸才人が怪訝に眉を寄せる。

「どういうこと。あなたは安物とわかっていて、金壱の値をつけたというの」

「いいえ。翡翠に求められるのは、その輝きではなく石の大きさです。不勉強な商人は、曇りを理由に銀子で値をつけるでしょう。私ならこれを金壱で買い取って、落ち着いた色を好む老婦人に拾で売ります。買値も価値になりますので」

水鏡が淡々と説明すると、狸才人は声を立てて笑った。

「あなたの目利き、そして商魂のたくましさは本物ね」

よくも悪くも、狸才人は妃妾らしくないと水鏡は思う。

まず見目が大幅にふくよかだし、二十歳の帝からすれば三十二歳は大年増だ。家柄はすこぶるよいというが、閨に招かれることはないだろう。

ゆえに狸才人は、ほかの妃妾たちから恋敵と思われていない。人格もこの通りざっくばらんで、身分の隔たった水鏡のような宮女とも気さくに話す。おかげで誰もが本名の「李」ではなく、親しみをこめて猫の怪を表す「狸」と呼んでいた。

「それにしても、不思議よね」

狸才人が腰を浮かせ、水鏡の顔をのぞきこんでくる。

「水鏡って、若く見えても歳は十八でしょう。商人の娘だったら、婿取りをって話もあったでしょうに。それがどうして後宮なんかにきたの」

その疑問はもっともなので、適当な答えを用意してあった。

「私が入宮した理由は――」

「わかるわ。見合いを断られたんでしょう。残念ね。でも水鏡、顔立ちは悪くないわよ。まあ目元がちょっと冷たいけど、きちんとお化粧すれば美人に見えるわ。あとは体ね。殿方はもう少し、いえだいぶ、豊満なほうが好きなもの。たくさん食べてたっぷり肥えなさい。それから肌は、そうね。水夫だから日焼けはしかたないわね。でも気を使っている娘は、肌だってちゃんと白いのよ。笠をかぶりなさい。そんなことより一番文句があるのは髪よ、髪。だってあなた、十二歳から伸びてないみたいな短さじゃない。自分なんて誰も見ていないと思っているのかしら」

小言の豪雨に降りこめられ、心の中がどんより曇っていく。

水鏡も狸才人を憎からず思っているが、このおしゃべりだけは悩ましい。とはいえ事情を根掘り葉掘り聞かれるよりはましかと、ひとまず話に乗っておく。

「私はこの通り、一介の宮女ですので」

羽織った白い長衫を、指でつまんでみせた。水色の裳は胸元まで引き上げているので首回りは露出しているが、無地の女官服は妃妾に比べて地味極まりない。

「あら。一介の宮女だって、陛下に見初められないわけじゃないのよ」

「そんなこと、あるわけないでしょう」

「それが、あったのよ――あら、あらあら！」

狸才人が興奮気味に、川路の上流を見やった。

「『君主の噂をすれば君主が到来』って本当ね。ご覧なさい。あのひときわ大きい輿船、船首に珠（たま）持つ龍の彫刻があるでしょう。陛下のご来臨（らいりん）よ」

水夫が六人がかりで櫂を動かす輿船が、ゆっくりと流れを遡（さかのぼ）っている。陽気のせいか輿の御簾（みす）が上がっているため、陛下のご尊顔を拝見できた。

「あれが蒼国六代皇帝、王文緑陛下。見目の通りに頼りない坊っちゃんだけど、決して暗君（あんくん）ってわけじゃないのよ。毎日『朕（ちん）は限界だ』って弱音を吐きながら、公務に勤（いそ）しむ健気（けなげ）な子なのよ」

御年は水鏡よりも上の二十歳というが、小柄な体軀（たいく）も相まって十二の童（わらべ）のように見える。あたかも皇子のごとき風貌だ。

それにしても狸才人は、陛下相手にやけに口ぶりが気安い。実は懇（ねんご）ろな仲かと様子をうかがうと、その目が急に色を変えた。

「ちょっとあれ！　開成王（かいせいおう）殿下も同舟（どうしゅう）なさってるじゃない。なんて佳日（かじつ）なの！」

見れば輿船の縁（へり）に青年がたたずみ、川路の水面を眺めている。

凛々（りり）しい眉と、力強くも慈愛を感じる瞳。

通った鼻筋と、意思の強そうな引き結んだ唇。

開成王は単なる美丈夫とは違う、民を背負った主の面差しだった。

「陛下の弟君、王文青殿下よ。文武両道で、民を尊ぶ開成の地を治める王。しかも未婚で側女もなし。王家では次兄の文赤殿下も漢らしくて人気があるけど、私は断然末弟の開成王殿下ね。あの純粋な瞳に心が射抜かれるのよ」

「そうなんですか」

「なにその反応。じゃあ水鏡は、どんな男が好みなの。優男なら宦官ね。人気があるのは、開成王殿下の側仕えをしている蔡統かしら。逆に不人気なのは、王家長子の文黒殿下。でも蓼虫は苦さを知らずって言うしね」

「狸才人もご存じのように、私は人を品定めできる器量じゃありませんので」

美人の姉と比べられてきたので、水鏡も自分の見目は心得ている。しかし蓼虫扱いはさすがにひどいと、返事に少々むくれが出た。

「言葉の弾みじゃない。それで、誰が水鏡の審美にかなうのかしら」

「身分が天と地ほどに違うのですから、口にしたって得はありません」

「そういう話じゃないのに、とことん商人ねえ」

狸才人があきれたところで、ふいに陽気を切り裂く女の叫び声が聞こえた。

「どうか、どうかお慈悲を！」

陛下の船からやや遅れて、一艘の華々しい輿船が流れている。その船上にひとりの若い妃嬪が立ち、宮女をひとりかしずかせていた。

「あの女が董貴妃よ。陛下の寵愛をもっとも賜る、皇后なき後宮の最高権力者」

狸才人は口惜しそうに、金の輿船をにらみつけている。

「あのお方が、噂の断頭妃ですか」

董貴妃にまつわる逸話は、後宮外でもあまねく知られていた。

ひとつは世にふたりといない美女ということで、こうして遠目で見てもそれが真実とわかる。顔の造形こそ確認できないものの、腰つきや体の線から漂う色香がここまで漂ってきそうだ。あれで水鏡よりも下の十七らしい。

「そうよ。後宮では人の命、特に宮女の命は軽いの。あの妖婦は息を吸うように宮女を罰し、機嫌がよくても棒打ち刑。悪いときにはあだ名の通りで、機嫌がよいのは日に半刻。いままでに、どれだけの宮女が犠牲になったことか」

それもまた、市井で耳にした噂だった。董貴妃が発した言葉は必ず『罰』で結ばれる。憐れ命じられた者は、首と体が分かたれる。

げに恐ろしき貴妃さまに、ついたあだ名は断頭妃。

菫貴妃の前でひれ伏す宮女は、かわいそうにすっかり震えていた。まだ年若いらしく、艶のある黒髪が揺れてきらめいている。

「ああ……菫貴妃が崑銅を呼び寄せたわ。あの宦官に捕まったら終わりよ」

水夫が漕ぐ小舟が一艘、貴妃の輿船に近づいていた。

乗っているのは髭こそ生えていないが、戦国の武人と見まごう巨軀の宦官だ。その腰に下げた青竜刀は、断頭の噂が尾ひれの類ではないと示している。

水鏡が愛する桃源郷の景観は、言わば後宮の光だ。

しかしひとたび闇に目を向ければ、後宮には死が累々と転がっている。

「水鏡。あなたの知恵でどうにかできないの」

「一介の宮女には、どうにもなりません」

声を上げてたしなめれば、崑銅の刃は非礼を理由にこちらに向かうだろう。

仮に水鏡が豪傑の男子であっても、こう離れていては打つ手がない。

「それより、狸才人。大事な腕輪が汚れていますよ」

人間という生き物は単純で、言われればそこに目をやってしまう。

狸才人が確認すべく袖をまくった瞬間、水鏡は水底に櫂を突いた。

「あっ」

船体が大きく揺れ、狸才人の腕輪が手首からするりと抜ける。

翡翠の腕輪は宙を舞い、一瞬の間を置いて水面に波紋を作った。

「ちょっと、水鏡！」

水鏡はすぐさま川路に飛びこんで、激しい水音を立てる。

川路の水深は場所によって異なるが、櫂が底に届く程度でこの辺りは浅い。後宮の水は街中のように濁ってもいないので、腕輪はすぐに見つかった。

急いで浮上し、水から顔を出して周りを見る。

川路を行き交う舟の人々が、なにごとかと水鏡に注目していた。輿船に乗った陛下や董貴妃、そして崑銅までもがこちらを振り返っている。

「狸才人、水底に落ちた腕輪を見つけました！」

舟へ泳ぎながら声を張ると、人々は「そんなことか」と関心を失った。

あっけに取られたままの狸才人を尻目に、水鏡は舟に這い上がる。渦中の輿船はいかにと見ると、まさに崑銅が宮女の足をつかもうと舟から腕を伸ばしていた。

宮女の悲鳴が痛ましく響く。

その刹那、崑銅の太い腕がなにかに弾かれた。

「水鏡、見て！　開成王殿下が宮女を助けにきたわ！」

宦官の腕を蹴り上げた開成王は、宮女をかばって立ちはだかっている。先ほどまでは陛下の輿船にいたので、豪胆にも八艘飛び渡って駆けつけたようだ。

「董貴妃！ 人の命をなんだとお思いか！」

殿下が一喝し、周囲の耳目が貴妃に集まった。

「なんて雄々しいのかしら。あれでまだ十八だなんて」

年甲斐もなく、狸才人がうっとりするのも無理はない。

董貴妃に向きあう開成王の剣幕は、戦場で指揮を執る将のそれだった。川路を通りすがった妃嬪や宮女たちも、一様に頬を染めて勇姿に見入っている。

その後、董貴妃がどう答えたのかは聞き取れない。

しかし崑銅の小舟は輿船から離れ、董貴妃も御簾の内へと戻っていった。

「ひとまずは落着したようだけど、予断を許さない状況ね」

さっきまで若き王に身をくねらせていた狸才人が、いまは深刻な顔をしている。その視線の先には、甲板でくずおれる宮女の姿があった。

開成王の登場で貴妃は引き下がったようだが、それはこの場だけのことだろう。後宮の支配者たる断頭妃が、恥をかかされたままでいるわけがない。

「こうなったら、しかたないわね」

腹をくった様子で、狸才人がこちらを向いた。

「水鏡、あなた果物は好きかしら」

二　水鏡、茘枝を食す

「どうぞ。遠慮しないで、くつろいでちょうだい」

円卓の向かいで茶を入れながら、狸才人がたおやかに微笑む。

水鏡は礼を言って茶をすすりつつ、そっと辺りを観察した。

後宮の西に位置する左宝宮は、狸才人の住まいとして知られている。西六宮の中でも広々としていて、茶を飲みながら眺める中庭は明媚だ。

陛下の御息所からも近いため、妃嬪たちが欲しがりそうな宮殿だと思う。しかし不思議なことに、この左宝宮は狸才人が独占しているらしい。

「その服、身丈もちょうどいいみたいね。よかったら持っていって」

水鏡は両手を広げ、着せられた絢爛な服を見下ろす。

先ほど左宝宮に招かれるやいなや、狸才人の侍女たちに囲まれた。あっという間にずぶ濡れの官服を脱がされ、この輝くような襦裙を着せられている。

「畏れ多いです。こんな上等なもの」

分不相応な服はもちろん、宮女であるのに歓待を受けているいまの状況も落ち着かない。なにか裏があると感じてしまい、商人の欲も奥に引っこむ。

「いいのよ。私はもう着られないから、いつも侍女たちにあげちゃうの」

狸才人の言葉は真実なのだろう。隅で控えている侍女たちは、こちらを羨むようなこともなく微笑みを浮かべている。

「私が水鏡と出会ったのは、十日くらい前よね。思いだすわ。黄宮調ですら吟味が滞っていた難事件を、あなたがすっぱり解決してみせて」

事件というほどではないが、そういうことがあった。芸術品などを管理する司宝司の宝物殿で、貴重な陶器の壺が割られたのだ。

宝物殿は朝まできちんと施錠されていた。壺は大きく、それなりの重さがある。ゆえに賊が侵入したわけでも、鼠がつついたわけでもなさそうだ。

では誰がどうやって割ったのか。後宮内の事件を調べる女性の役人が聞きこみに奔走していたが、目撃証言はまったくない。となれば考えられるのは内部の犯行、すなわち司宝司で働く宮女の不手際と目された。

しかし水鏡は、通りすがりに現場を一見しただけで下手人がわかった。

「まさか、壺が勝手に割れたなんてねえ」

狸才人が感慨深げに目を閉じる。

「商人なら誰でもわかりますよ。質の悪い陶器は、温度の変化に弱いので」

水鏡は壺の破片を見て、出入りの業者が粗悪品を納めたのだと気づいた。同じ業者から買った壺もすぐに割れると予見し、実際その通りになっている。

狸才人は、その場にいた見物人のひとりだ。あの一件で水鏡のことを気に入ったらしく、頻繁に司舟司を訪ねて散歩の供に指名してくる。

「あれだって水鏡が証明してみせなければ、司宝司の宮女が責任を取らされていたはずよ。さっき船上の董貴妃が命じたみたいに、死をもってね」

帰りがけに仕入れた噂によると、あのきらめく髪の若い宮女は、輿船が揺れたせいでよろめき、主人の董貴妃にぶつかってしまったそうだ。貴妃は尻餅さえつかなかったというが、それでも「首を刎ねよ」と命じたらしい。

「後宮は、恐ろしいところですね」

司宝司で働く宮女の仕事は、宝物の管理であって目利きではない。

董貴妃は侍女に体を押されたが、怪我どころか転んですらいない。

それでも宮女は死を賜る。後宮では、とかく命が軽い。

「それよ。経緯は知らないけど、結果だけ見れば董貴妃は衆目の前で恥をかかされたようなもの。元凶たる宮女の命は、いまや風前の灯火よ。さっきは水鏡が時間を稼いで殿下が間にあったけど、次もそうなるとは限らないわ」

水鏡は驚いて目をしばたたいた。

「狸才人、お気づきだったのですか」

あの場面で、一介の宮女にできることはなにもなかった。しかし文武両道で民を尊ぶ皇太弟であれば、きっと救いの手を伸ばしてくださる。

ならば宮女にできるのは、不可抗力を装い注目を集め、殿下が後方の不穏に気づく時間を稼ぐこと――そんな水鏡の算段を、狸才人はお見通しだったらしい。

「だてに『狸』とは呼ばれてないわよ。でもね、今日の本題はこっち」

狸才人が合図して、控えている侍女を呼び寄せた。

水鏡の前に、皿に載った果物が運ばれてくる。

「これは、茘枝ではないですか」

さながら蟹の甲殻のごとく、刺に覆われた薄赤い外皮。その皮には切りこみが入れられていて、白く潤った果肉が露見している。

この果物は甘く、汁気が多く、世にふたつとない独特の食感であるらしい。

「そうよ。商人だから見たことはあるでしょうけど、口にしたことはないんじゃないかしら。どうぞ、食べてちょうだい」

たしかに水鏡も、市場や取引き先で目にしたことはあった。しかし茘枝はあまりに値の張る果物で、食したことも商ったこともない。

「これを、いただいてよいのですか」

「もちろん。ひとまずとはいえ、今日のあなたは宮女の命を救ったわ。水面に飛びこんで凶日となった今日を、果実をもって佳日としてちょうだい」

狸才人はにこやかに笑みを浮かべている。

どうもうさんくさく思えるが、万事を訝しむのは商人のよくない癖だろう。狸才人は誰にでも好かれる善人だ。人を謀る相でもない。なにより勧められた食べ物を断るのは、蒼の民として礼儀に反する。

商人としての興味か単なる食欲か、水鏡はあまたの言い訳を思い浮かべ、最終的には「いただきます」と茘枝を口へ運んだ。

「これが、傾国の美女も欲したという味ですか」

くにゃりとした食感は、なるほど独特だ。しかし舌に伝わってきたのは想像した甘みではない。果実らしい潤いこそあるが、ほとんど無味と言ってよかった。

「食べてみないと、知り得ないものでしょう。もうひとくちどうぞ」

狸才人に勧められるまま、再び半透明の果肉を口にする。

すると先ほどとはうってかわって、峻烈な香りが鼻をついた。

次いで口の中に果汁が溢れ、えもいわれぬ甘みが舌に伝わってくる。

「さっきとは、まるで別物です」

「新鮮な茘枝は、ふたくち目から味が変わるのよ。種のそばがおいしいの」

聞きながら、もうひとつ茘枝を食べる。ひとくち目で弾力のある食感を楽しみ、ふたくち目で染み渡る果汁の甘さにまぶたを閉じた。

「商人として、食にはそれなりに親しんできました。しかしこんなにおいしい果物を食べたのは、生まれて初めてです」

「ならよかったわ。なにしろとっても高かったから」

狸才人がにやりと笑う。

「ちなみに、いかほどでしょう」

商人の性か、つい口走ってしまった。

すると狸才人が立ち上がり、水鏡の耳元で値段をささやく。

聞いた途端に、血の気が引いた。

商人ならば誰だって、ただより高いものはないと知っている。賜った襦裙は返せばすむことだが、目が飛び出るほどに高級な茘枝はもう食べてしまった。

「狸才人。私はなにをすればよいのですか」

義務はなくても義理ができた以上、水鏡はこう返すしかない。

「やあねえ。そんなつもりで茘枝をごちそうしたんじゃないわよ。それはそうと、そろそろ服も乾いたでしょう。散歩に出ましょうか」

腹芸など微塵もないというように、狸才人はおほほと笑った。

夕刻が近づき、空はにわかに曇り始めている。

水鏡は小舟に笠を置いてあるし、狸才人は念のためと傘を持ってきていた。しかしあまり遠出はせず、左宝宮の周辺を流すようにと言われる。

「そろそろね。ああ、いらっしゃったわ」

左宝宮の向かい、登戸宮の美しい庭が見える辺りを漕いでいると、狸才人が進路の奥に手を振った。

西六宮の西の側、左流と呼ばれる幅広の川路から一艘の小舟が流れてくる。

そこに乗船している人物を見て、水鏡は身を強ばらせた。

「皇太后陛下に、ご挨拶を」

狸才人が座ったまま頭を下げる。水鏡も船上の略式挨拶をした。

「面を上げて。お元気そうね、狸才人」

皇太后陛下は今上帝の生母、すなわちこの国の母だ。

しかし目下は髪も結わず、召し物もごく質素で、なにより輿船でなく小舟に乗っている。なのに水鏡は、目にした瞬間に相手が只者ではないとわかった。

皇太后が現れた瞬間に、すべてが凪いだのだ。水も花も空気さえも、まるでひれ伏すように硬直し、時間が止まったように感じられる。

「皇太后さまも、相変わらずお美しいですわ。今日も黒々とした御髪で、薹が立ったと揶揄される身ではうらやましい限りです」

皇太后は御年四十を越えているはずだが、狸才人よりも若々しく、かつての皇后にふさわしい美をいまなお備えている。

「嫌だわ、狸才人。友にお世辞は言わないで。今日は散歩かしら」

「ええ。近く菓子を持って参上いたします。また昔のようにお茶を飲みましょう」

「待ってるわ。こなたはそなたと話すのが一番楽しいの。ではね」

別れの挨拶を交わすと、皇太后は寝所方面へ流れていった。

「皇太后陛下はね、いつもこのくらいの時間に散歩するの。ああやって目立たない格好でこっそりね。派手さを好まない、穏やかな人なのよ」

狸才人は目を細め、皇太后の舟を見送っている。

「皇太后陛下は、狸才人を友と言ってらっしゃいましたね」

「あら、言わなかったかしら。私はね、先帝の頃から才人なの。この器量だから陛下の寵幸こそ受けなかったけれど、子どもには気に入られてね。言ってみれば、私は皇帝陛下の乳母みたいなものなのよ」

その言葉で、いくつか謎が解けた。

代替わりがあると、先帝の妃妾や侍女は出家させられ尼寺へ行く。

しかし新しい帝のお気に入りであれば、後宮に残ることも可能だ。狸才人が今上帝の乳母代わりなら、陛下を気安く『坊っちゃん』と呼んでも不思議はない。

逆にいくら人柄が好かれていても、帝の寵もなく先の蘭夫帝時代から居座っている狸才人は、夜の務めを望む妃嬪たちには縁起が悪い存在だろう。ゆえに狸才人は、あの広々とした左宝宮をいまも独占できているのだ。

「私には、李家以外にも後ろ盾があるの。水鏡、これがどういう意味かわかる」

「この後宮で、身の安全が保証されているということですか」

「そこまではないわね。正室たる皇后なきいま、後宮の実質的な権力者は董貴妃でしょう。でも本当に力を持っているのは、皇太后陛下なのよ。あの通り優しいお人柄だから、董貴妃の傲慢をたしなめるようなことはしないけどね」

皇帝陛下の生母であるのだから、皇太后陛下が国一番の権力者とは言える。そしてそんな皇族たちと親密な狸才人ですら、董貴妃相手には容易に刃向かえないのが現実であるようだ。

「あなたも知っての通り、宮女の命はとても軽いわ。だから長生きしたかったら、力のある後ろ盾を得なさい。一番いいのは、私の専属になることね」

どうやら茘枝の見返りとして要求されているのは、水鏡自身であるらしい。皇太后の御幸の刻まで計算していたなら、狸才人はかなりの策士だ。

「ですがいまの時点で、実質専属のようなものですよ」

「仕事じゃなくって寝床の話よ。水鏡、司舟司でいじめられているでしょう。なんでもひとりだけ、薄汚い物置きで寝起きしていると聞いたわ」

「よくご存じで。さすがは後宮の事情通」

自身が嫉妬やしがらみと無縁であるゆえか、狸才人は噂話や事件に目がない。ひまさえあれば西へ東へ舟で移動し、人の話に聞き耳を立てている。

「だから、水鏡もうちにおいでなさいな。あたたかい寝床で眠れるし、同僚の侍女はみんな優しいわよ。お給金だって倍払うわ」

「なぜそこまでして、狸才人は私をそばに置きたいのですか」

尋ねてすぐ、水鏡は水面に目を向けた。

「私は後宮に長くいるから、かわいそうな宮女をたくさん見てきたわ。理不尽に殺されたり、誤解されたまま死んでいく子をね。私はそんな宮女たちの無念を、いつか晴らしてあげたいと思っていたの。もっと言うなら、命を散らす前に救ってあげたかったの。そうしたらそこへ現れたの、あなたが」

芝居がかった狸才人が、水鏡の手を取って続ける。

「そんな気はないんでしょうけど、あなたは人知れず二度も宮女の命を救ったわ。だからお願い。私の専属になってちょうだい。共に後宮で起きる事件と向きあって、虫より軽い宮女の命を救いましょう」

水面に映った狸才人の顔は、偽りを言っているようには見えない。

しかしその瞳のゆらめきに、わくわくとした好奇心が見え隠れしている。

「要するに、狸才人が楽しみたいだけでしょう」

「まあ半分はね。でも残り半分は、本当に宮女を救いたいと思ってるわよ」

それは真実らしいのでたちが悪い。

「それだったら、黄宮調と行動を共にすればよいではないですか」

壺割れ事件の際には頭を抱えていたものの、黄宮調は後宮唯一の女性官吏として優秀な人物と聞いている。

「あの子、顔はきれいで頭もいいけど、お固い役人気質なのよね。そこへいくと、商人のあなたは発想が柔軟。あとお化粧すれば美人」

「とってつけましたね」

「そういうむっとするところ、ちょっとかわいいわ。さあ、いまから事件を解決に出発よ。まずは董貴妃の侍女を、どう守ってあげるかね」

水鏡は櫂を大きく動かしつつ、嘆息して答える。

「申し出はありがたいのですが、専属の件はお断りします」

「ちょっと、水鏡。あなた茘枝の価値を忘れたの。この私だって、あそこまで新鮮なものはめったに食べられないんだからね」

「忘れてませんよ。だから舳先（へさき）を董貴妃の寝所、座間宮（ざけんきゅう）に向けました」

狸才人がきょとんとしているので、渋々に言葉を補う。

「専属は拒否しますが、侍女を生かす算段はついたということです」

三　水鏡、闇に突き堕とす

夕刻をすぎて、しとしとと雨が降りだした。

闇が広がり始めた後宮の川路を、水鏡は笠をかぶって舟を漕いでいる。

董貴妃に粗相を働いた侍女、余想想はそれなりに賢かったらしい。狸才人と水鏡が座間宮を訪ねると、必死の宮女はすでに姿を消していた。

目下は巨軀の宦官、崑銅が後宮内を捜索中だという。

「あの子は近く、いわれのない刑に処されるとわかっていたのね」

狸才人が傘の下で、ほっと安堵の息を吐いた。

「状況は変わってませんよ。あの入道じみた宦官に捕まればおしまいです」

「そうね。後宮の外へ逃げおおせてくれればいいんだけど」

雨のおかげで月も隠れているので、そうすることもできるだろう。

「ですが宮外への逃走が発覚したとして、董貴妃はあきらめますか」

「ないわね。あの女なら草の根分けても探しだして、余想想を連れ戻してから見せしめみたいに殺すはずよ。なんとしても、崑銅より先に見つけないと」

となれば問題は、どこを探すかだ。

「後宮の城壁は、そう簡単に越えられないでしょう。裏の玄関たる南林門も、守衛が常時詰めています。それに余想想はまだ十五と聞きました。己が身の危険は察知できても、大それたことはできないでしょう。おそらくは舟も使わず、座間宮から徒歩で行ける範囲に身を隠しているはずです」

「だったら、あの辺りね」

狸才人が空いている手で、東の土地に指を差す。

「あっちはまだ手つかずで、宮殿のひとつも建っていないの。さびしいところだから人はよりつかないけど、橋はかかっているから歩いていけるわ」

「狸才人、焦眉の急です。入道宦官も見当をつけました」

座間宮の桟橋から、禿頭の宦官を乗せた小舟が離れるのが見えた。

すでに宮殿ひとつ分の距離を空けられているが、操船の腕には自信がある。雨で増水した流れを読めば、崑銅よりも先に着けるはずだ。

「がんばって、水鏡。いまは開成王殿下よりあなたが頼りよ」

狸才人に応援されつつ、水鏡は櫂を動かす。

無心ではなかった。舟を漕ぐときはいつもなにかを考えている。

市井では商いのことだったが、後宮に入ってからは姉のことを想った。

水鏡を溺愛し、妹の身代わりになるように入宮した姉のことを。

しかしいまは、余想想のことを考えている。

余想想は粗相をする前から、断頭妃と呼ばれる主人におびえていただろう。同僚の宮女があっけなく消えていく毎日に、心の底から震えていただろう。たった十五で死と隣りあわせの境遇に、枕を濡らしていたに違いない。

不憫だとは思うが、水鏡は余想想を是が非でも救いたいわけではなかった。こうして舟を漕いでいるのも、狸才人に請われたからにすぎない。

ただ後宮で死を意識した余想想が、なにを感じたのかは知りたいと思っている。

それはきっと、水鏡が知らない姉の心につながっているはずだ。

「水鏡、あそこよ！」

なにもない空き地へ向かう石橋の上を、余想想が傘もささずに歩いていた。

ほつれた黒髪が顔に貼りついているが、払う気力もないらしい。余想想はただ体を引きずるように、よろよろと前に進んでいる。

水鏡は急ぎ桟橋に舟を着け、狸才人とともに石段を駆け上がった。

足音に余想想が振り向く。顔が恐怖にひきつっている。

しかしもはや逃げる気力もないのか、余想想はその場にへたりこんだ。

「もう大丈夫よ。あなたのことは、私たちが守るから」

狸才人が余想想をしっかと抱いた。

水鏡は舟へ戻るようにふたりを促す。崑銅と出会う前にこの場を離れたい。

余想想に笠を被せて舟に乗せ、真っ暗な川路を漕ぎだした。

しばらく進んで振り返ると、石橋の上に巨大な人影が見える。崑銅がこちらに気づいたかは定かでないが、ともかくいまは進むしかない。

「ここまでくれば安心ね」

後宮中央に位置する陛下の寝所を越えた辺りで、狸才人が胸をなで下ろした。

「それで、水鏡。この子をどうやって董貴妃から守るの」

「まずは左宝宮に戻って、湯浴みをさせましょう」

「そうね。余想想はずぶ濡れだものね。その次は」

「よく髪を拭き、丁寧に乾かします」

「そうね……って、そんなの当たり前でしょう。水鏡、ふざけてるの」

「私が冗談を言う人間に見えますか」

狸才人は面食らった様子だが、すぐにうなずいた。

「わかったわ。髪を乾かすのは大事なことなのね。でもその次は」

「もちろん、髪を切ります」

水鏡の言葉には、おびえていた余想想までも困惑を浮かべた。


それから三日が過ぎた。

水鏡は桟橋に舫った小舟に腰かけ、狸才人の戻りを待っている。

思っていたよりも遅い気がして、「大和殿」と掲げられた門を振り仰いだ。

帝の寝所に匹敵するこの雄大な建物は、皇太后の宮殿だ。後宮の中央には皇帝、皇后、皇太后という三皇の寝所があり、内壁にて厳重に守られている。

三日前、狸才人は皇太后陛下と茶を飲む約束をした。

今日はそれを果たすための参上だったが、真の目的は別にある。

「お待たせ。ごめんなさいね、話が弾んじゃって」

半刻ほどして、ようやく狸才人が戻ってきた。

「どうも。余想想はどうでしたか」

挨拶もそこそこに、水鏡は首尾を尋ねる。

「大丈夫。目論見通りよ。あの子、前よりずっと明るい顔だったわ」

朗報を聞き、それまで溜めていたように息が漏れた。

「それにしても、慧眼だったわね。追われる余想想を、董貴妃の手が唯一届かない皇太后陛下のもとに匿おうなんて」

「狸才人がおっしゃったんですよ。宮女は後ろ盾を得よと」

董貴妃から追われる以上、後宮の中にも外にも安全な場所はない。例外があるとすれば、それは実質的な後宮支配者以上の力を持つ者の下だ。

「でも普通に頼んでも、皇太后陛下は断ったはずよ。わざわざ董貴妃と対立するようなことはしない人だから」

だから水鏡は、余想想に手土産を持たせた。

「本当に、商人の目利きはすごいわね。私は何年も見ていたのに、陛下が鬘を召しているなんてぜんぜん気づかなかったわ」

川路で皇太后陛下に見えたあの日、水鏡はまず違和感を持った。

「四十を越えてなお、白髪がないということはありえます。しかし艶や毛量はどうしたって減るもの。それがあのように黒々と盛大であるのは、髪自体が若いということにほかなりません。しかし陛下はいまもおきれいなので、ずっと見ている人ほど髪だけ若いと気づけないでしょう」

水鏡は髪に着目したわけではない。水面に映った皇太后の姿を見ながら、尊貴にそぐわぬ小舟や質素な服の意味を考えた。

鬢つけ油を使わない自然な髪は、不自然な毛量を隠す手段とも見てとれる。ならばさもしい装いは、下ろし髪との調和を取るためと結論した。

「よい鬘を作るには、余想想みたいにきれいな髪が必要なのよね。その髪を切って持たせたことで、皇太后陛下はすべてを察したってわけね」

二日前、水鏡と狸才人は大和殿の門前で余想想を見送った。

一緒に参上して事情を説明しなかったのは、皇太后陛下が鬘であると気づいたのは余想想だけと思わせたかったからだ。

余想想には切り離した自分の髪を持たせている。いまの余想想の髪は、水鏡よりも短いどころか尼僧に近い。

それは左宝宮から大和殿へ移動する際に崑銅の目をごまかすためでもあり、余想想の覚悟を見せる意味もあった。皇太后陛下に匿ってもらうためには、この先もあなたのために髪を献上しますと示す証しが必要になる。

「また水鏡は、宮女の命を救ったわね」

狸才人は上機嫌だが、水鏡は晴れ晴れしい気持ちではない。

大和殿の中にいる限り、余想想の身は安全だろう。しかし逆に言えば、ほとぼりが冷めるまでの数年は宮外に出られないことを意味する。

いくら命を生かすためとはいえ、若い身空を幽閉に等しい状況へ導いたことは心苦しい。大和殿から戻った狸才人に「お帰りなさいませ」と挨拶するより早く、余想想の様子を尋ねたのはそのためだ。

「光が当たらぬ暮らしを強いられるなら、それは後宮の闇に堕(お)ちたに等しいです。余想想は死んだも同然。闇へ突き落としたのは私です」

水鏡が心中を吐露すると、狸才人はぷっと吹きだした。

「若いわね、水鏡。もっと目を凝らして、いろんなものを見てご覧なさい。ほら、川路の水が陽射しを湛(たた)えて、まるで光の帯みたいよ」

狸才人が春の景色に目を細める。

底が見えるほど透き通った水は、遠くにいくと不思議と青の色が濃かった。そこに光が差しこむと、そのまばゆさだけで心が少し浮く。

目先を変えれば、庭園には世の色をすべて抜きだしたように花々が咲いていた。遠くの山稜(さんりょう)には雲がかかり、心得はないが画でも描きたくなる。

「十六、二十二、二十六。覚えているだけで、私も三回は殺されかけたわ」

狸才人の告白に、櫂を漕ぐ手がひたと止まった。

「死んでもいい。そう思ったこともあったわね。でもいまはこうして景色を見られるだけで、生きていてよかったと思うわ。人は死んじゃったらだめなのよ。生きることじゃなくて、生き延びることにこそ意味があるの。余想想だって、そう思う日が必ずくるわ」

狸才人がそう感じるのは、歳を重ねたからだけではないだろう。自らも死の危機に瀕（ひん）しながら、儚（はかな）く散った命をたくさん見てきたはずだ。

「肝に、銘じます」

後宮に長く居続ければ、自分も同じ視座に立つことになる。

水鏡は生き延びる意味を眺めながら、再び櫂を動かした。

「でもまあ、実際に余想想を救ったのは開成王殿下よね。あの船を飛び渡る姿。董貴妃への一喝。本当に素敵だったわ」

「狸才人は、生きる楽しみが多くてよござんすね」

話の質が急に下がり、思わず商人口調がこぼれ出る。

「なによ。あのときの殿下には、さすがの水鏡だって心を惹（ひ）かれたでしょう」

「狸才人ならともかく、私は殿下に謁見することもない立場ですので」

「つまらない子ねえ。後宮の楽しみなんて、噂に聞き耳を立てるか殿方を品定めするかくらいよ。水鏡は不真面目なくせに、妙に初心なんだから」

水鏡は言い返さず、静かに舟を漕いでいく。

しかし頭の中では、その開成王のことを考えていた。

四　水鏡、逢瀬の舟を漕ぐ

日が暮れ空に星が出て、月が川路に浮かぶ頃。

水鏡は桟橋で、先輩宮女の舟や艤装をひとりで陸揚げしていた。

水夫であれば自分でやるべき仕事だが、先輩たちは新人教育のためにしかたなく任せてくれたらしい。お優しくて涙が出るが、文句は言わずに淡々と働く。

「これで最後かな」

舫い綱を水から引き上げると、水鏡は背中を反らせて伸びをした。

すると月明かりの下、古めかしい司舟司の建物が目に入る。

宮女は主に二種類いる。宮殿に住まう妃妾の世話をする侍女と、官署に所属して仕事を持つ宮官だ。

司舟司に所属する水夫はもちろん宮官で、本来ならばこの建物で多くの宮女たちと共に寝起きする。しかし水鏡は二等宮女の崔鈴にたてついた罰で、物置きでの生活を余儀なくされていた。

「少し、冷えるな」

風がひと吹きし、体がふるると震える。春とは言えど夜は寒い。仕事を終えた報告をする前に、綿入れを取りに物置きへ戻ることにした。

司舟司の建物の裏手に回り、さらに奥へと歩を進める。芽吹いた若草を踏みわけていくと、かつて船具をしまっていたと思しき朽ちた小屋があった。

暗く、寒く、虫が這いずる汚れた物置きは、さながら獄にいるごとし。誰もがそう思っているため、この船小屋には人が寄りつかない。

水鏡は扉正面の仕組み鍵をはずし、きしむ木戸を開けた。

つんとかび臭さが鼻をつく——などということはない。

外壁は古いがきちんと修繕され、土間の床にも掃除が行き届いている。

寝床は天井から吊り下げた一枚布で、虫もおらずに快適だ。

いままで多くの人間が、この船小屋に閉じこめられてきたのだろう。先人たちはここでの暮らしをよきものにせんと、心血を注いで修復したようだ。

おかげで同僚のいびきや寝相に悩まされない物置きは、宮女には贅沢なひとり部屋と言える。得てして閉じこめる側だけが、この事実を知らない。

「この間の狸才人は、ありがた迷惑だったな。そろそろ物置き刑の年季が明ける頃だから、また崔宮女を怒らせておかないと」

綿入れを小脇に抱えると、水鏡は小屋を出て振り返った。

戸にはこれまた先人が細工した仕組み鍵があり、羽目板を一枚下ろしておけば留守の間に中をあらためられることもない。

戸締まりを終えたので、水鏡はのんびりと司舟司へ報告に向かう。

すると建物の内から、女人の嬌声が聞こえてきた。

入るのに躊躇したが、これも仕事だとやむなく扉を開ける。

「やあ。待っていましたよ、小鏡」

ひとりだけ光を浴びているかのように、緑の官服を着た男が振り返る。

すっと流れた細い眼差し。彫刻のように端麗な鼻筋。

口元には絶えず微笑を浮かべていて、肌も女人のようになまめかしい。

そんな完璧な顔立ちから目をそらし、水鏡はそそくさと挨拶した。

「どうも、蔡統さま。お待たせしたようで」

「いえいえ。司舟司のみなさまのおかげで、退屈せずにすみましたよ」

蔡統が流し目を送ると、宮女たちが雛鳥のようにさえずる。

たしかに蔡統は老女も童女も虜にする顔立ちだが、水鏡は苦手にしていた。

帝やその親族をのぞき、後宮は基本的に男子禁制になる。妃嬪はもちろん宮女にいたるまで、後宮の女はすべて帝の所有物だからだ。

ゆえにそこらをうろつく男の顔は、みなが臍の下の物を落としている。

もちろん蔡統もそのひとりで、つまるところは宦官だ。

男でも女でもない彼らは、子を成せないから後宮にいられる。

にもかかわらず蔡統は、片っ端から宮女を口説き、ときには妃嬪とさえも浮き名を流していた。物がなくても美貌があるので、よろめく女は後を絶たない。

蔡統は官能を刺激する霧でもまとっているのか、毛嫌いしている水鏡でさえ近づくとくらりとなってしまう。だからなるべく距離を置きたいが、残念なことにこの宦官は毎晩のように司舟司を訪ねてきた。

「それでは小鏡。今宵も散歩の水先案内を頼めますか」

警戒していたが一瞬の隙を突かれ、蔡統の手が肩に回された。

ぞわりと肌が粟立ったが、なぜか振り払うことができない。

「蔡統さま。よければ私が漕ぎましょうか」

水鏡が固まっていると、頬を桜色に染めた崔鈴が前に出た。

永山州に生きる男女は、夜に舟で逢い引き（あいびき）をする。

散歩は逢瀬（おうせ）の隠語であり、後宮でそれを手伝うのは水夫の役目だ。

もちろん職務の時間は終わっているので、菓子や小銭を得て個人で仕事を受ける形になる。夜の散歩は暗黙の了解で、水夫側が咎（とが）めを受けることもない。

しかし実際のところ、好んで仕事を受ける水夫は少なかった。いくら船代を弾まれても、目の前でむつみあいを見せつけられれば情緒が死ぬ。

「おお、ありがたい。なれど崔宮女。申し出には感謝しますが、私は小鏡と同郷でしてね。今宵は散歩の道行きで、昔話をしたい気分なのです」

蔡統に断られ、崔鈴は露骨に落ちこんだ。しかしすぐに顔を上げ、燃えるような目つきで水鏡をにらんでくる。この二等宮女が新人をいびるのは、生意気だけが理由ではないということだ。

「では参ろうか、小鏡」

蔡統の手が腰に下りてきて、建物の外へ導かれた。

背中に嫉妬の視線を感じながら、水鏡は水面の月に櫂を突きさす。

「ああ、静かでいい夜です。今宵、私の訪問を焦がれている女人は誰でしょう」

蔡統が吟ずるように言い、水鏡に流し目を送ってきた。

「蔡統さまは、いつから私と同郷になったんですか」

話を無視して視線を避けて、水鏡は皮肉でやり返す。

「方便というやつですよ。ああでも言っておかないと、小鏡が彼女たちに恨まれてしまうでしょう。ちなみに私は栗平(りっぺい)の出身です。栗平はのどかな田舎で——」

「すでに恨まれてますよ。司舟司では、最悪な噂になっています」

いわく蔡統が毎夜のごとくに水鏡を指名するのは、ふたりが恋仲だからだと。

宮中で噂が立つのは防げない。だから相手が男でも女でも宦官でも甘んじるしかないが、蔡統だけは勘弁してくれと言いたい水鏡だ。

「最悪だなんて、とんでもない。私と噂になれたことを、むしろ光栄に思ってほしいですね。自慢してもいいですよ」

どこまでも鷹揚(おうよう)な蔡統に、水鏡は聞こえよがしのため息を吐く。

「おや。もしや恋患(こいわずら)いですか」

「そうですね。私以外の宮女が」

「つれない人だ。小鏡は私がお嫌いですか」

「はい」

「即答ですか。まあ私もあなたが嫌いですけどね」

それからしばらくの間、水鏡は蔡統の話を聞き流して舟を漕いだ。

すでに皇帝の寝所を迂回し、東六宮に入っている。司舟司は西六宮のさらに南にあるので、今晩だけで街ひとつ分を移動した計算だ。

「ああ、見えてきましたね。名残おしいですが、そろそろお別れです」

蔡統が目を細め、川路の先に現れた建物を見上げる。

その門の頂には、「秦野殿」と名が掲げられていた。

「それでは、ごゆっくり」

水鏡は舟を降り、蔡統に舟番を任せて秦野殿へ向かう。

蔡統は水鏡を散歩に誘うが、誰かと逢い引きをするわけではない。

それはあくまで口実にすぎず、実際に人と会うのは水鏡のほうだ。

妃嬪の宮殿より大きく立派な秦野殿を、従者に案内されて歩く。

通された寝室で待っている間、水鏡は辺りを見回した。

やわらかそうな天蓋で覆われた、ゆうに四人は眠れそうな寝台。

先の蘭夫帝から賜ったであろう、玉佩や宝刀や扇。

兵法を学ぶための書物と、ありがたい経文や魔除けの札。

商人として目利きをするまでもない。秦野殿の主人は相当に地位が高いと、誰もがひと目でわかるだろう。

いま目の前に現れたその相手に、水鏡はひざまずいた。

「開成王殿下に、ご挨拶を」

皇帝陛下の弟であり、狸才人が文武両道と絶賛した美丈夫。

菫貴妃の手から余想想を救った、民を尊ぶ若き王。

「立つがよい。鏡、もっとそばへきてくれ」

一介の宮女と、帝の血を体に宿す皇太弟。

蒼を流れる狛江と黒川のように、ふたりは本来交わることなき間柄だ。

しかし二大河川が流れ入る水の後宮は、ときに人の運命を交差させる。

「はい、殿下」

水鏡は立ち上がり、いつものように王の下へと歩み寄った。

気を引く庭園

一　水鏡、船民を示す

栈橋の縁にひざまずき、両手で川路の水をすくう。

季節は晩春から初夏に変わり、仕事の準備をしていると汗をかいた。しかし身近に透き通った水が流れているおかげで、心持ちは清々しい。こうして顔をひと洗いするだけで、火照った体も冷えていく。

「水鏡、出かけるわよ」

上空からの声に振り返ると、狸才人が石垣の上で手を振っていた。

後宮内の建物の多くは、石垣の上にそびえている。水面からはそれなりの高低差があり、永山以外の出身者は川路を「堀」と呼んだりした。

しかし堀とは違い、川路は外敵に備えた防衛の意味は薄い。

石垣にはたいてい石の階段が併設されているので、いまの狸才人のように栈橋までとんとんと降りてくることができる。

「いい天気ね。今日はどこへ行こうかしら」

狸才人を小舟に乗せると、水鏡は櫂で栈橋を押した。

船体がゆっくり離岸して、きらきらと輝く川路に乗る。

「たしかに、今日は快晴ですね」

水面の光はまぶしいが、櫂が立てる水音は涼しい。この季節は庭園の花も咲きそろうため、後宮を散策するにはもってこいの日柄だ。

しかしながら狸才人には、景色を愛(め)でるつもりなどないだろう。

「水鏡、聞いたかしら。陛下がまた宮女にお手つきしたらしいわよ」

四妃九嬪の下、二十七世婦(せいふ)として才人の位を賜りながらも、狸才人は陛下の寵より後宮の噂を求めている。毎日こうして水鏡を伴い、あちこちで風説を集める酔狂(すいきょう)な妃妾(ひしょう)だ。

「まあ正確には宮女から御妻(みめ)に封じられた娘らしいけれど、家は漁師だそうよ。夢があっていいわね。水鏡にも望みがあるんじゃないかしら」

「あるわけないでしょう。私はしがない商人の娘ですし、仕事も水夫(かこ)です」

御妻は二十七世婦のさらに下の妃妾で、八十一人の枠がある。中には職掌で功を立てた元宮女もいるが、大半は家柄がよいか見目が麗(うるわ)しいかだ。

司食司や司宝司の所属ならともかく、舟を漕いでも出世はできない。ついでに器量も期待できないと水鏡は思っているが、わざわざ口にはしなかった。

「そういえば前にも聞いたけれど、水鏡はなんで後宮に入ったの。あなたみたいに優秀な商人だったら、後宮で舟を漕ぐより儲(もう)かるでしょうに――いいえ、違うわね。あなたは招集の時期よりもだいぶ遅くに入宮したから、自ら志願したはずよ。才ある娘が後宮に入る理由は、だいたいがお金よね。きっとお父さまが商いで莫大(ばくだい)な借金を背負って、ああ、いいのよ言わなくて。私にはわかるから」

狸才人は、物知り顔でうなずいている。

その予想は当たらずとも遠からずだが、水鏡の生家、よろずを商う老水堂(ろうすいどう)の借金はそこまで多くなかった。

しかし解く必要のない誤解であるので、水鏡は悲しげに顔を伏せてみる。

「やっぱりそうなのね。だったら出世しないと。陛下はいま焦っているから、水鏡がたまさか声をかけられる可能性もあるわよ」

「そういえば即位して一年たつのに、陛下はお世継ぎに恵まれませんね」

「それはほら、皇后さまがご懐妊されたと喜んでいたら、出産時に母子が共に身罷(みまか)られたでしょう。それで坊っちゃんは、長い間ふさぎこんでいたのよ」

出産は文字通り命がけの行為だ。産んで力尽きることは珍しくない。お子まで亡くした陛下の御心(みこころ)はさぞつらく、閨房(けいぼう)に二の足を踏むのも当然だろう。

子を成すという陛下の仕事は、愛する者に死の覚悟を問うに等しい。

「それがようやく立ち直ったっていうところで、今度は白賢妃がね。白賢妃は他国の公主だったんだけど、輿入れ、というか入宮したその日からずっと病で臥せっているのよ。董貴妃が一服盛ったって噂もあるわね」

さすがの狸才人も声をひそめる。

「後宮一の美女は董貴妃かもしれないけれど、白賢妃はあの妖婦を超える美しさらしいわ。北方の出身だから、景色が透けて見えるほど髪も肌も白いってね。まあ誰も見たことがないから、本当かどうかわからないけど」

董貴妃は後宮の支配者だ。しかし現在空位の皇后が誕生する、すなわち妃妾の誰かが皇子を身ごもれば、その権力は失われる。ゆえに真偽はともかく、董貴妃が自分より美しいと噂される賢妃を除こうとしてもおかしくはなかった。

「毒と病の境は曖昧。噂にしても恐ろしい話です」

「本当にね。帝が代替わりした際には、宮中で鳳凰を見たって報告が相次いだわ。鳳凰って瑞鳥でしょ。つまり吉兆なのに、ろくなことがないのよ。そういえば水鏡が入宮する前は、鉱物毒騒ぎなんてのもあったわね」

「鉱物毒、ですか」

鸚鵡返しをしつつ、水鏡はそれとなく水面を見た。

「ええ。宮女がひとり亡くなったの。あなたと同じ水夫で、目を見張るほどにきれいな子だったわ。前に話した、陛下のお手がついたと噂された子よ。死に方も美しかったわね。なにしろ傷もなく乱れもなく、花に包まれ舟で流れてきたんだから」

「花舟とは、また謎めいていますね」

「でしょう。お手つきの真相はともかく、その子は間違いなく後宮佳麗三千人の嫉妬を買ったわ。だから黄宮調が死因を調べたけど、結局は事故ということで落着したの。なんでも川底の石が割れて、毒が吹きだしたんですって」

水面に映る顔を見る限り、狸才人は話を誇張しているようでもない。

「そんな偶然、本当にあるんでしょうか」

「あのとき水鏡がいたら、と思うわ」

狸才人は弱々しく微笑んだ。納得するしかなかった、ということだろう。

「でも、これからは違う。行くわよ水鏡。後宮で軽んじられる、宮女たちの命を救いに。まずは事件が起こりそうな、性根のいやしい子が多い生田宮へ」

下がった眉を見る間に上げ、狸才人がずいと前方に指を向ける。

「身も蓋もない。そうそう事件なんて起こりませんよ」

「まあそうね。それなら陽気もいいし、おしゃべりを続けましょう。まずはどうすれば、あなたが殿方に見初められるかだけど――」

水鏡が辟易したところで、のどかな川路に絶叫が響いた。

「誰かきて！　人が死んでる！」

狸才人と顔を見あわせ、水鏡は火急の勢いで舟を回す。

漕ぎついた先は、やはりと言うべきか生田宮だった。

桟橋の上に宮女や宦官が数人いて、みなが足下を見ている。

狸才人と共に駆け寄ると、橋板に若い宮女がずぶ濡れで倒れていた。

倒れた宮女のかたわらでは、水夫がひとりおろおろしている。

「違うの。すぐ隣の登戸宮から戻ってくる途中、この子が突然立ち上がって舟から落水したの。私は必死で助けた。でも、水から上がっても、息が」

誰かと思えば、水鏡の先輩である崔鈴だった。崔鈴は全身から水をしたたらせ、うわごとのように「違うの」とくり返している。

水鏡は屈みこんで宮女を観察した。若いというよりも幼い。おそらく十二、三だろう。じっとしていられない年頃のはずだが、その胸は上下していない。

まだ間にあうかと両手を重ね、横たわる宮女の胸を強く押した。

「ちょっと、なにやってるの水鏡」

驚く狸才人にも構わず、なんども圧迫をくり返す。

「ああ、どうして！　誰に殺されたの、私のかわいい孔娘(こうじょう)」

騒ぎを聞きつけ人が集まり、そのうちの誰かが叫んだ。

この宮女の名は孔娘というらしい。「殺された」という言葉を気に留めつつ、水鏡は孔娘の鼻をつまんで唇を重ねる。

「なんて淫(みだ)らな水夫！　恥知らず！」

「死者に、それも子どもになんてことを！」

場の人々が悲鳴を上げ、行きずりの水夫に罵声を飛ばした。

それも無視して、水鏡は孔娘の口に肺の空気を送りこむ。

その胸が徐々に膨らむのを横目に、もう一度ゆっくり息を吹きこんだ。

やがて孔娘の眉がひくりと動き、途端に咳(せ)きこみ水を吐く。

「おお、息を吹き返したぞ」

衆人がざわめく中、水鏡は孔娘の背中をさすりながら指示をだした。

「床(とこ)へ寝かせてあげてください。体が冷えていますので、あたたかいお茶も」

ひとりふたりと人がきて、大柄な宦官が孔娘を背負う。そのまま生田宮へと運ばれていく様子を見送り、水鏡はようやく肩の力を抜いた。

「なんなの、水鏡。あなた医術の心得まであるの。それとも仙人なの」

狸才人が目を丸くしたまま寄ってくる。

「私はまったくの無学ですし、徳の低い商人ですよ。船民（イエンミン）はみな、溺れた人の助け方を知っているだけです」

水の上に暮らし舟とともに生きる人々を、永山の地ではそう呼ぶ。

船民は酒に酔っても溺れない。誰かが落水したらみなが飛びこむ。長きに渡って水と生きた民は、溺れて間もない人間を呼び戻すこともできる。

逆に言えば、それができない者は船民ではない。

水鏡は水面に映る崔鈴を熟視した。孔娘が助かったせいか、その顔は心から安堵しているように見える。

水夫の仕事は船民にとって、「歩け」と言われるのと同じだ。しかし船民でなければ、かつて崔鈴が言ったように「人の命を預かる」職掌と言えるだろう。

崔鈴は息を吹きこむ方法こそ知らなかったが、水に飛びこみ孔娘を助けた。その有言実行の意思と勇気は、賞賛に値すると思う。

「あの、崔宮女――」

見直しましたと言おうとすると、崔鈴は夜叉の形相でにらんできた。

あまりの恐ろしさに目を水面にそらす。そこに映った表情から読み解くに、崔鈴は自分が助けられなかった孔娘を水鏡が救ったことで、恥をかかされたと感じているようだ。なのに文句をつけてこないのは、半分は感謝をしているかららしい。

心中お察ししますと同情しつつ、水鏡はしばしうつむいていた。

「水鏡、孔娘の主人――陳宝林にお呼ばれしたわよ。お茶をいただきましょう。お医者を呼んでくれたみたいだから、あの子も安心ね」

よい折に狸才人がやってきて、ぱちんと片方のまぶたを閉じた。

宝林は、八十一人いる御妻の位だ。しかしそれとは関係なく、水鏡は商売がら陳宝林のことを知っている。

陳家は代々続く名門の商家で、水鏡からすれば商売敵だった。しかし向こうは老水堂のような小店を、歯牙にもかけていないだろう。同じ商人の娘でも、陳宝林は御妻で水鏡は宮女。店の違いは身分の差にも現れている。

とはいえ陳宝林個人のことは、その名前しか知らない。ひとまず慈悲深い人物ではあるのだろう。普通は宮女が倒れたくらいで、医者を呼んだりはしない。

――だとすると、さっきの言葉が気になるな。

『ああ、どうして！　誰に殺されたの、私のかわいい孔娘』

口ぶりからすると、あれは陳宝林の発言だったと思われる。なぜ意識のない孔娘を見て、陳宝林は真っ先に殺人を疑ったのか。

「ほら、早く行きましょう。事件、じゃなくて、お茶が待ってるわよ」

さっきの目配せからすると、狸才人も不吉の匂いを嗅ぎつけたのだろう。

水鏡は手をあわせ、なにごとも起こるなかれと商いの武神に祈った。

二　水鏡、後宮の常識に戦慄する

「この娘が舟上で昏倒したのは、毒のせいじゃろなあ」

帝の侍医でもある老医師の診断に、生田宮の宮女がざわついた。

陳宝林に招かれお茶を飲んでいたところ、医師はのらくらやってきた。狸才人と水鏡も診察に同席させてもらったが、どうも信用に欠ける印象だ。

「もともと健康体のようじゃし、針を打ったので大丈夫じゃろ。あとは安静にしておけばよろしい」

老医師はさも適当に診療を終えると、あくびをしながら出ていった。

「なによ。孔娘が助かったのは、水鏡の接吻のおかげでしょ。自分の手柄みたいに言うなんて、藪じゃないかしら」

狸才人のように不機嫌をあらわにはしないが、水鏡も医師の診断は疑わしいと感じている。昏倒の原因が毒であるなら、口をつけた水鏡にも影響があるはずだ。

——孔娘はなぜ、突然に舟上で倒れたのか。

病の発作という可能性はあるが、まだ十二、三歳の娘では考えにくい。崔鈴が孔娘を突き飛ばしたと考えるのが妥当だろうが、水面に映った先輩宮女の顔に怒りや後悔の相はなかった。

現時点ではなにも断言できないので、水鏡はそれとなく人々を眺める。

「ああ、かわいそうな孔娘。ゆっくりおやすみ」

寝床の脇で、陳宝林が目元を拭った。

その面相は御妻らしく整っており、体もふっくらと肉づきがよい。眉も流行の太いもので、額に施した梅の花鈿も鮮やかだ。着ている襦裙もいかにも上質な生地であるとわかるし、髪には鴛鴦が彫刻された金のかんざしまで挿している。

市井であれば陳宝林は、派手で目を引く容貌だろう。

しかし残念ながら、後宮にこの程度の美姫はごろごろいる。なにか特技でもない限り、帝の目には留まらないように思われた。

「なんにしても、あの子が助かってよかったわ」

狸才人が耳元でささやいてくる。

「これで集中できるわね。若い娘に毒を飲ませた、不届き者捜しに」

心なし弾んだその声に、正義感と不謹慎は紙一重だと感じた。

「言っておきますが、狸才人。私は下手人捜しなんてしませんよ。毒ではなく、きっと立ちくらみを起こして溺れたんです」

孔娘を助けたことで、ただでさえ目立ってしまった一日だ。あまり出しゃばって名を知られると、後宮では諸々に差し支える。

「孔娘は立ちくらみを起こすような歳じゃないでしょ。侍医だってあの子は健康体って言ってたしね。水鏡、私はただで働けとは言ってないわよ」

「金の問題ではありません」

「それもまた、水鏡の謎よね。あなたはがめつい商人なのに、倍の給金で専属になれと言ってもなびかなかった。本当はお金に困ってないのかしら」

あごに手を当てた狸才人が、じろじろと無遠慮に観察してくる。

「そういうわけでは、ありませんが」

「なによ。珍しく歯切れが悪いじゃない」

自分が商人でよかったと、水鏡は心から思った。海千山千(うみせんやません)の商人たちと取り引きしてきたおかげで、めったなことでは動揺が顔に出ない。

「でも私、気づいたのよね。水鏡は食べ物に目がないでしょう。あの茘枝の食べっぷりを見ればわかるわ。ちなみに李(り)家には、先帝時代の宮廷点心師(てんしんし)がいるわよ。あなたがこの件を解明してくれたら、至高の点心をそろえた飲茶(ヤムチャ)へ招待するわ」

「そう言われたら、しかたないですね」

拒んで腹を探られるより、食べ物に釣られたふりを演じるほうがいい。そう考えた水鏡だが、李家の点心には少なくない興味があった。

「黄宮調よ！　黄宮調がいらっしゃったわ！」

生田宮の正殿から、宮女たちの華やいだ声が聞こえてくる。

「騒ぐな宮女たち。私は事件の吟味で参上している。ゆめゆめ忘るるなかれ」

寝室に入ってきた人物が、腕を振り上げ場を制した。

黒い官服。男の結い髪。されども顔は美女のそれ。

黄宮調は目元も涼やかな男装の麗人で、肩にはなぜか黄鳥(うぐいす)を載せていた。

「では、吟味を始める」

陳宝林を一瞥し、黄宮調が有無を言わさぬ調子で宣う。

宮調は後宮の事件や事故を調査する、各官署からは独立した職掌だ。それなりの権限を持っているためか、妃嬪たちともほぼ対等に接するらしい。

「おい、貴様。ここでなにをしている」

衆目の中に水鏡を見つけ、黄宮調が片眉を上げて威嚇してくる。

「その節はどうも。いまのところは、なにもしてませんね」

以前に司宝司で起きた壺割れ事件の際、黄宮調は吟味に難儀していた。そこへ偶然通りかかった水鏡があっさりと真相を見極めたため、一介の宮女に後れを取ったと感じているのだろう。

「ならばさっさと去れ。此度は商人風情の出る幕はない」

ごもっともと言いたかったが、案の定で狸才人が口をはさむ。

「邪魔はしないから、見学だけさせてちょうだい。そのくらいはいいでしょ」

黄宮調は鼻を鳴らし、水鏡をじろりとにらんだ。しかし先帝に仕えた世婦には敬意を払っているらしく、それ以上のお咎めはない。

「面白くなりそうね。まずは本職のお手並み拝見といきましょう」

狸才人がほくそ笑む横で、水鏡はそっとうなだれた。

関係者への聴取を終えた黄宮調、みなを集めて「さて」と言う。

「事件のあらましはこうだ。生田宮の陳宝林は、董貴妃から良質の茶を賜った。そこで登戸宮の馬采女に裾分けしようと思い立つ」

采女も御妻の位だ。身分は宝林よりもいささか低い。

「陳宝林と馬采女。ふたりは同時期に朝廷の花鳥使に選ばれた御妻だ。とはいえ家柄は大きく異なる。陳宝林の父は、永山では知らぬ者のない大店だ。裕福ゆえにご覧の通り、家から連れてきた側仕えも多い」

黄宮調が手を差し向けると、生田宮の宮女たちから歓声が飛んだ。

「むっとしないの、水鏡。あなただって、ちゃんとかわいいわよ」

狸才人がにやりと笑ってささやいた言葉に、水鏡は少し面食らう。

「別に、むっとなんてしていません」

幼い頃から美人の姉と比べられたので、容姿に対する引け目はあった。とはいえ黄宮調の美貌を嫉妬したつもりなどない。しかし狸才人が感知したのなら、なんらかの反応が出ていたということだろう。

佳人ぞろいの世界に身を置くと、無意識に刺激された劣等感が妬みに変わるのかもしれない。以後は気をつけようと思うと同時に、少し自分が情けなかった。

などと水鏡が落ちこむ間も、黄宮調はしゃべり続けている。

「一方の馬采女はさしたる後ろ盾もなく、仕える侍女もひとりだけ。さて。友人思いの陳宝林は、孔娘に茶を持たせて使いへ出した。孔娘は生田宮を出て、川路を通りかかった崔鈴の舟を拾う。相違ないか」

「はい。孔娘から、使いで登戸宮へ向かうと告げられました」

黄宮調の問いに、崔鈴がうなずいて答えた。

「よし。やがてふたりが登戸宮に着くと、馬采女はしかと歓迎した。使いの孔娘はもちろん、水夫の崔鈴にもその茶が振る舞われた。孔娘は馬采女の心遣いに感激し、一番早くに口をつけたという。この茶は馬采女、孔娘、崔鈴、そしてたったひとりの馬采女の侍女も飲んでいる。この点は重要だ」

持って回った口ぶりを聞き、水鏡は黄宮調の結論を察した。

「やがて孔娘は登戸宮を退席し、崔鈴の小舟で生田宮へ戻る。ところが途中で苦しみだし、立ち上がって水に倒れこんだ。以降のことはさておいて、私が宮調として吟味すべき点はここまでだ」

まだなにも解決していないのに、黄宮調は宮女の喝采を浴びた。

水鏡は努めて心を平静に保ち、自分の仕事をすべく狸才人に小声で問う。

「陳宝林と馬采女は、茶を贈りあうほど仲がよかったんですか」

「私だって、なんでも知ってるわけじゃないわよ。ただ、そうね。耳にしている限りでは、ふたりは険悪だったはず。でも噂と実情が違うことはよくあるわ」

水鏡が気になっているのは、陳宝林が最初に口にした言葉だ。溺れた孔娘を「殺された」と断じたのは、相手の目星がついているからだろう。

「問題は、誰が、なにに、毒を盛ったかだ。しかし考えるまでもなかろう」

黄宮調が大げさな身振りで物語る。

「陳宝林と馬采女は、同じ御妻でも家柄が違う。馬采女からすれば、すべてを持つ陳宝林は嫉妬の対象だ。ゆえにささやかな邪魔立てとして、陳宝林の使いであった孔娘を殺そうと考えたのだろう。茶器に毒を仕こんで。なぜなら茶は四人全員が飲んでいる。孔娘の茶器にだけ、毒が盛られていたと考えるしかない。以上、落着」

宮女たちが拍手で黄宮調を讃えた。同僚が死にかけたというのに、のんきな反応だなと水鏡は首をひねる。

「それじゃあ、今度はこっちの番ね。聞きなさい、黄宮調」

狸才人がしゃしゃり出た。

「なんですか狸才人。私の吟味に文句でも」

「ありありよ。私が馬采女だったら、こんな半端な真似はしないわ。自分と侍女もお茶を飲んで苦しむふりをして、茶葉に毒が入っていた、つまり陳宝林が馬采女を殺そうとしたと演じるでしょうね。妬みってそういうことよ」

どうかしらと、狸才人が自信満々で胸をそらせた。

「それはできないのですよ」

黄宮調が鼻で笑う。

「なぜなら、水夫の崔鈴も茶を飲んでいますからね。四人が茶を飲み、ひとりだけが毒を服んだ。茶器に毒が仕こまれていたと考えるほかないでしょう。それができる人間は、馬采女とその侍女だけです。まあ念のために話しただけで、動機なんてどうでもよいのですよ。すべては証拠。証拠がすべて。あとは馬采女の宮殿を調べればわかること。以上、落着」

狸才人と黄宮調の吟味を聞いて、水鏡は背筋に冷たいものを感じた。

当たり前だが、市井で人を殺めれば罰される。だが後宮で宮女を殺すのは、誰かの持ち物を盗んで困らせるのと同程度の、「ささやかな邪魔立て」であるらしい。

狸才人は宮女の死に心を痛めていると言った。それは真実だろう。黄宮調だって一応は血の通った人間であるはずだ。けれどふたりともが、「宮女が物として殺されること」があり得る前提で話している。

同僚が殺されかけたのに宮女たちがのんきなのも、市井の感覚が欠落しているからかもしれない。後宮において「宮女の命は軽い」というのは、事実を超えてもはや常識であるようだ。

それを悟った水鏡は、顔には出なかったが戦慄を覚えた。

浮世離れした後宮という世界には、いまだ慣れることができない。

姉がこんな世界に望んで入った理由も、まるで理解できない。

三　水鏡、弱きをくじく

「ねえ水鏡。やっぱり登戸宮は、左流からくるほうが素敵ね」

狸才人が景色を眺め、朗らかに声を上げる。

黄宮調が吟味の裏を取るのに同行し、一行は舟で登戸宮へ向かっていた。

川路をたゆたう三艘の舟は、陽気の中をゆるゆると下へ流れている。

水鏡の舟には狸才人だけが乗っていた。黄宮調は崔鈴の舟で前を進んでいる。陳宝林は後方の輿船に乗り、多くの侍女も一緒に連れてきていた。

「さっきは川路が混んでいて、右流を使いましたからね」

左舷に見える登戸宮の庭園には、色とりどりの花が咲き乱れている。庭園は登戸宮の西側にあるので、東回りで遡上した際には見えなかったのだ。

ふと、孔娘を乗せた崔鈴は左右どちらの流れを選択したのかと考える。

後宮内も市井と同じく、川路は西下東上の通行原則だ。しかしそれが適応されるのは輿船だけで、小舟は基本的に移動の制限がない。

桟橋に倒れていた孔娘の位置からすると、崔鈴はおそらく西回り——すなわちいま水鏡たちが眺めている庭を右舷に見ながら遡上したのだろう。

「狸才人、お手を」

登戸宮に到着したので、水鏡は先に下船して手を伸ばした。そのままふたりで石段を上ると、花々が咲って迎えてくれる。

「見て、水鏡。やっぱり素敵ね」

いつも舟上から眺めるだけの庭園が、間近で一望できた。

「この庭の草花は、馬采女が侍女とふたりだけで植えたのよ」

黄色い連翹や橙色の凌霄花など、ほかの庭園では見かけない花が多い。その咲きぶりも実に見事で、本気で世話をしていることがうかがえた。

「あまり言いたくないけれど、芸も後ろ盾もない御妻には、ほかにやることもないのよね。とはいえ花で陛下の気を引くなんて、私は風雅だと思うわ」

逆に言えば、ほかの妃妾は浅ましいと見るということだろう。

その昔、羊に車を引かせて後宮を回る皇帝がいた。羊が止まった場所の妃妾と夜をすごすためで、女たちはこぞって自室の前に飼い葉を置いたらしい。

歌や踊りをたしなむためには、先立つものが必要になる。

強い後ろ盾を持つ妃嬪であれば、伽の順にも融通が利く。

しかし持たざる者が帝の気を引くには、まずは自尊心を捨てなければならない。

そういう意味でも陳宝林と馬采女は、横に並ぶ関係ではなかっただろう。

「みなさまおそろいで。狸才人、いかがなさいましたか」

やや不安そうな表情で、馬采女が出迎えてくれた。

まずその背の高さに目を引かれる。顔立ちは一般的な美人だが、身長の分だけ陳宝林よりも恵まれた容貌と言えそうだ。

しかしその召し物はごく質素で、庭仕事のせいか裙の裾が土で汚れている。

化粧もほとんどしておらず、髪にも連翹の花を挿しているだけだ。

――これも、持たざるゆえの工夫かな。

着飾った陳宝林とは真逆だが、薄化粧も花飾りも馬采女には似あっている。

裙の丈がやたらと長いのも、高身長ゆえの大足を隠すためだろう。自分の短所を長所に変える方法を、馬采女は知っているようだ。

「ぞろぞろときて、ごめんなさいね。用向きは、ええと、黄宮調どうぞ」

狸才人は一歩退き、言いにくいことを黄宮調に委(ゆだ)ねた。

「ふん。言わずともわかっているだろう。先刻、陳宝林の宮女が毒を服まされ死にかけた。その宮女が服毒した現場は、ここ登戸宮と見て間違いない」

水鏡は素早く水面に目を向ける。

水に映った馬采女は、話を聞いて顔を青ざめさせていた。しかし驚いてはいるものの、さほど狼狽(ろうばい)しているようには見えない。

「なぜあなたは、罪もない孔娘を殺そうとしたの！」

いきなり陳宝林が馬采女を難詰(なんきつ)した。

ひとりしかいないという馬采女の侍女が、さっと間に立ちふさがる。見たところでは、孔娘と同じくらいに歳若い。

「おお、おいたわしやお嬢さま」

「恩を仇で返すとは、馬采女は人に非ずや」

陳宝林の側仕えたちがささやき、馬采女を責める空気が漂った。

「みなさまは、私が下手人とおっしゃりたいのでしょうか」

馬采女が毅然と質すと、黄宮調は「然様」とにべもない。

「では吟味をしてください。孔娘を見送りに出てから、私も阿偉も、その足で草花の世話を始めました」

ほらと言うように、馬采女が円匙と呼ばれる土掘りの道具を掲げる。

「その後に宮殿には戻っていないので、卓上はそのままです」

「馬采女のおっしゃる通りです」

阿偉と呼ばれた若い宮女が、即座に主人を援護した。

「お茶を飲み終わって見送るとき、孔娘はとても感謝していました。わたしに向かって、『素敵なご主人さまでうらやましい』と言ったほどです。だから……」

阿偉はうつむいた。それ以上はうまく言葉にできないのだろう。

特に内容のない証言だったが、水鏡はなんとなく気にかかる。

「御託はいい。すべては証拠。証拠がすべてだ」

黄宮調が馬采女の居室に入っていく。狸才人と水鏡も続いた。

やはり簡素な室内の卓上には、茶器がそのまま置いてある。

「毒というのは、おおむね二種類。菫のような即効性のものと、毒芹のような遅効性のものだ。今回は即効性と見て間違いない。道具と黄鳥で吟味できる」

黄宮調は懐から銀の匙を取りだし、茶の残りをすくって吟味を始めた。ときおり肩に載せた黄鳥に向かい、「ほう。そう思うか美美」などと話しかけている。

しばし奇妙な吟味を見守っていると、黄宮調が口を開いた。

「聞け、みなのもの。馬采女は下手人ではない。なぜなら証拠がないからだ」

潔すぎる手のひら返しに、陳宝林と側仕えたちが騒ぎだす。

黄宮調に悪びれた様子はない。どこまでも証拠に忠実な人物であるようだ。

「そんなはずないわ！　あなた以外に誰がいるのよ！」

陳宝林がまたも馬采女に食ってかかった。

「あなたには草花の知識がある。吟味に引っかからない毒を作ったんでしょう！」

「毒の煎じかたなど存じません。なぜ陳宝林は、私を下手人と思うのですか」

陳宝林は発憤著しいが、馬采女はどこまでも泰然としている。

「ねえ水鏡。『吟味に引っかからない毒』なんて、作れるものなの」

狸才人に袖を引かれ、水鏡は肩をすくめた。

「わかりません。毒も薬も門外ですので」

毒や薬は扱いにくいし売りにくい。みなが薬屋で求めるので、老水堂ではほとんど置いていなかった。ゆえにそちらの知識はないに等しい。

「でも、なにか考えはあるんでしょ。ほら、点心のためにがんばって」

狸才人に背中を押され、水鏡は不本意ながらに声を上げる。

「あの、馬采女。連翹の髪飾り、とてもお似あいです」

場にそぐわない話だったからか、室内に張り詰めた空気がふっとゆるんだ。

おかげか馬采女も微笑んで、丁寧に言葉を返してくれる。

「ありがとう。庭にたくさん生えているから、あなたも一輪いかが。さっき孔娘にもあげたのよ。とても喜んでいたわ」

「喜んでいました」

宮女の阿偉が、鸚鵡(おうむ)のように追従した。

「いえ、私はけっこうです。でも後宮、というより氷山で、連翹の花なんて珍しいですね。普通は栢山(はくざん)のような山地に生えるものですから」

この花については、商売上ちょっとした知識を持っていた。

「よくご存じね。私は栢山の出身だから、子どもの頃から親しんでいたの。あまり庭に植えるものではないけど、後宮なら蜂もいなくて危なくないでしょう。だから陳宝林に頼んで、種を取り寄せていただいたのよ」

水面を見るまでもなく、馬采女の言葉には偽りがないとわかる。

隣に立っていた陳宝林が、まさに蒼白の顔をしていたからだ。

「狸才人、生田宮へ戻りましょう。たしかめたいことがあります」

「どうしたの水鏡。急に慌てて」

「狸才人も慌ててください。今度こそ、人が死ぬかもしれません。崔宮女、戻りの川路は必ず右流で」

焦りで口調が強くなったせいか、崔鈴は反発した。

「どうして私が、四等のあなたに命令されなきゃいけないの」

「道理だな。分をわきまえろ。吟味は貴様の仕事ではない」

主導権を奪われたと感じたのか、黄宮調も水鏡を非難する。

「つべこべうるさいわよ！　水鏡が人の命がかかっているって言ってるでしょ。人の命ってのは、ひとつの人生ってことよ！」

狸才人の言葉の意味は、その重みを知らねば伝わらないだろう。

それでもその迫力に気圧されて、みなが生田宮へと右流で移動した。

生田宮に着いて宮女たちの寝室に入ると、孔娘は目を覚ましていた。

「あの、えっと、すみません、わたし、寝ちゃって……」

状況を理解していないのか、幼い孔娘は不安におびえている。

「黄宮調、人払いをお願いします」

水鏡に指示されてむっとしつつも、狸才人の威光のおかげか黄宮調は宮女たちを遠ざけてくれた。陳宝林と馬采女も室外へ出たので、場には横たわる孔娘、黄宮調、狸才人、そして水鏡の四人だけとなる。

「ねえ孔娘。今日あったことを、ゆっくりでいいから話してちょうだい」

そのほうが円滑に進むだろうと、聞き役は物腰のやわらかな狸才人に任せた。

「あの、ええと、まずご主人さまからお使いを頼まれて——」

たどたどしく話す孔娘によると、登戸宮で茶を飲むまでは既知の通りだった。

「それでお席をおいとますると、馬采女が舟まで見送りにきてくれたんです。わたしは感激して、たくさんお礼を言いました。そうしたら馬采女が、髪に連翹の花を挿してくれたんです。もううれしくて、涙が出そうでした」

孔娘は十三だという。もっとしたたかでもいい年頃だ。

──単に孔娘が純粋なのか、あるいは日頃から大事にされていないか。

事実は確認しようもない。しかし側仕えの侍女にも序列はある。陳宝林のように家から召し使いを連れてきた場合、おおむね身内を重用しがちだ。

「そのあとは、崔宮女の舟で生田宮へ戻ろうとしました」

「それは左流だったはず」

水鏡が口をはさむと、孔娘はびくりとしつつもうなずいた。

「たしかに左流でした。それで、たぶん、真ん中くらいまで戻ったとき、首に痛みを感じたんです。わたし驚いて、そしたら連翹の花のかんざしが水に落ちて、拾おうと立ち上がったら、急に胸が苦しくなって」

気づいたらここに寝かされていた、ということだろう。

「ごめんなさい、孔娘。ちょっと首を見せてちょうだい」

狸才人が孔娘の体を起こし、そっとうつむかせた。うなじの下に、赤く大きな腫れがある。腫れの中央には、小さな穴がひとつ開いていた。

「ちょっと、どこ行くの水鏡!」

水鏡は宮女たちの寝室を飛びだした。

宮殿の外へ出て、石段下の水辺にいた陳宝林の下へ駆け寄る。

「あなたが胡蜂（すずめばち）の巣をしかけた場所はわかっています。あの辺りでしょう」

生田宮と登戸宮、その中間にある対岸を指さす。

そこには打ち捨てられた廃宮があるだけで、人はまったく寄りつかない。

「水鏡、説明！　胡蜂ってどういうこと」

狸才人が息を弾ませ追いかけてきた。

「はちみつの仕入れ値が高いんです」

全員がなんの話だという顔をしているので、水鏡は続きを説明する。

なぜこれほど、はちみつは高価なのか。

いまより若い頃の水鏡は、養蜂家に問いただした。すると「蜂の毒で死ぬ可能性がある」と返された。危険の手当を上乗せしているから、はちみつは高いと。

しかし鵜呑（うの）みにせず、水鏡は蜂毒について調べた。

するとはちみつを作る蜜蜂たちは、さほどの毒を持っていないとわかった。死に至る毒があるのは胡蜂だけで、胡蜂はそもそもはちみつを作らない。

騙（だま）されたと思った水鏡は、再び養蜂家を問い詰める。

すると今度は、「胡蜂は蜜蜂の巣を襲う」と言われた。

胡蜂は雑食なので、はちみつも、それを作る蜜蜂自体も捕食する。蜜蜂を襲う胡蜂を追い払うのは命がけで、はちみつはやはり高くなるという話だった。

「でもこれも偽り、いえ、正確に言えばまやかしでした」

胡蜂が蜜蜂や人間を襲うのは事実だ。しかし養蜂場の周囲に連翹の花を植えておくと、胡蜂はその蜜を吸うため蜜蜂を襲わなくなるらしい。

問い詰めると養蜂家は根負けし、はちみつの値を下げてくれた。最初から養蜂家の話を信じていたら、水鏡はこの利益乗せ放題の品を扱えなかっただろう。

「それってつまり、胡蜂は連翹の花を好むってことよね」

狸才人の問いに、水鏡はうなずいた。

「そして商人、あるいは商人と親しい人間ならば、その事実を知っていてもおかしくないということです」

その場の人間が、一斉に陳宝林を見る。

「なんのことか、さっぱりわからないわ。言いがかりはよしてちょうだい」

陳宝林は笑っていたが、目元は明らかに引きつっていた。

「馬采女は、胡蜂が連翹の花を好むと知っていました。しかし後宮に蜂の類はいないため、安心して庭に植えたのでしょう。陳宝林に取り寄せてもらった連翹を」

いまの時点で、陳宝林が胡蜂の巣を仕かけたという証拠はない。調べればわかることだが時間がない。急がなければ被害者が増える。

「黄宮調、お耳を」

「なんだ水夫。ここでお手上げか。まあ一介の宮女にしてはよくやった」

「いえ。いまから半刻以内に、必ず下手人の自白を取ってみせます。だからそれまでは、証拠がないとか、憶測だとか、口をはさまないでいただきたいのですが」

「貴様！　私に仕事をするなと言うつもりか！」

　黄宮調が犬のように、ぐるぐると喉を鳴らした。

「滅相（めっそう）もございません。黄宮調の吟味はこれから。一介の宮女は分をわきまえ、道を掃き清めるにすぎません。失敗すれば責任は取ります。狸才人が」

「ふん。そこまで言うなら、やってみるがいい」

　黄宮調を言いくるめ、水鏡は返す刀で下手人に切りつける。

「陳宝林。先ほど目覚めた孔娘から聞きました。孔娘は馬采女にもてなされて喜んでいます。日頃あなたが孔娘を軽んじている証左でしょう。そんな孔娘を使いにする時点で、あなたは馬采女を見下しています。ではなぜ、そんな相手に茶を贈ろうと思ったのか。それは、馬采女を生田宮にこさせるためです」

水面に目をやると、波も立っていないのに陳宝林の顔がゆがんでいた。

「あれは悪事がばれたときの顔ね。長い宮中生活で、たくさん見てきたわ」

狸才人も同意見らしいが、まだ陳宝林は罪を認めないだろう。後ろ盾に守られている者は、たとえ証拠があってもしらを切るだけの余裕がある。

だったらそれでも構わないと、水鏡は追及を続けた。

「馬采女には、使いに出せる宮女がひとりしかいません。だから茶をもらった礼を返すには、自分自身が参上する必要があります」

ひとりで留守番をして笑われるくらいなら、いっそ自分が赴けばいい。工夫で弱みを強みに変えてきた馬采女なら、間違いなくそう考えるはずだ。

「そしてよほどのことがない限り、水夫は孔娘を乗せた崔鈴と同じく、左流で遡上することになるでしょう。すなわち、必ずあそこを通ります」

もう一度、対岸の廃宮を指で示す。

「そのとき馬采女は、頭に連翹の花を挿しているってわけね。まあ恐ろしい。質素に暮らす馬采女からの注文を、命で支払わせようとするなんて」

狸才人が言ったように、馬采女が連翹の花を頼まなければ、陳宝林が計画を思いつくこともなかっただろう。つくづく不憫なのは、巻きこまれた孔娘だ。

「実はもっと恐ろしいことがあります。お忘れですか、狸才人。夕刻にこの左流を小舟で散歩する、あのお方のことを」

「小舟で散歩って……皇太后陛下じゃない！」

水鏡以外の全員が、その名を聞いて取り乱し始めた。

「おい、水夫！　それはまことか」

黄宮調はにわかに気色ばんでいる。

「まことです。早く胡蜂の巣を撤去しなければ、皇太后陛下に危険が及ぶ可能性があります。そうなったらおそらくは、首謀者の命だけではすみません。一族、門人、みな死罪。侍女はもちろん、その親族にまで刑は及ぶでしょう」

水鏡を後押しするように、「間違いないわ」と狸才人が首肯する。

「宮中に献上された品々は、すべて記録されています。黄宮調が吟味なされば目録の偽造もたやすく見破り、蜂の巣を入手した者がわかるでしょう」

「無論だ」

黄宮調の同意で場はいよいよ色めき立ったが、陳宝林はなにも言わない。体を震わせてはいるが、それも恐怖ではなく怒りだろう。大店という後ろ盾があれば、謀が発覚したくらいで動じる必要はない。

だがこの場の誰しもに、強固な庇護があるわけでもない。

「お、お嬢様は殺すつもりなんてなかったの！　蜂の毒なんて知らない。ただ馬采女が蜂に刺された顔を見て、笑い者にしたかっただけよ！」

白状したのは、陳宝林の侍女のひとりだった。主人の呼び方からして陳の家からきた者だろう。これほどのおびえ具合なら、言質はもっと引きだせる。

「そんなことはどうでもいいです。いま大事なのは、あなたたちが胡蜂の巣を、どこに、いくつ、仕かけたかです。もしも皇太后陛下になにかあったら……」

言外に、最悪の結果を匂わせた。

「ひ、ひとつよ！　巣はひとつ。あそこは誰も通らないから、蜂が増えれば登戸宮の連翹まで飛んでいくと思ったの」

水鏡は息を吐き、黄宮調にうなずいてみせた。

「申し開きは終わりだ。宦官を集めろ！　養蜂着の用意だ！」

声高に命じつつ、黄宮調が陳宝林に近づく。

「陳宝林、覚悟されよ。此度の件が事実なら、主上への叛逆ともとれる行為だ。貴様のことは徹底的に調べる。絶対に証拠隠滅なんてさせないからな」

なにが逆鱗に触れたのか、黄宮調は心の底から憤怒しているようだ。

――頭が固くて扱いづらいけど、信用はできそう。

水面に映る男装の麗人を、水鏡は冷静に見定めていた。

陳宝林の悪事を暴いた日の夜も、水鏡は舟を漕いでいた。

行灯（あんどん）の火と月明かりを頼りに、闇の中で櫂を動かす。

まだ虫の声も小さい季節なので、夜の後宮は静かだ。しかし昼には聞こえない木々のざわめきも耳が拾うため、「怖い」と散歩の供を拒む水夫も多い。

その気持ちはよくわかるが、水鏡は夜の舟漕ぎも嫌いではなかった。

市井の川路は後宮に比べて狭く、行き交う舟も格段に多い。だから小さな子どもたちは、夜になってから舟漕ぎを練習させられる。

その頃にも感じたが、広々とした水の上を漕ぐのは楽しい。こうして自在に舟を動かしていると、夢であった外海（がいかい）での商いに思いが募（つの）る。

とはいえ、いまはその喜びも半分程度しか感じられなかった。

「今宵も月が美しい。楽しいですね、小鏡（しょうきょう）」

夜になると、水鏡は美官官の蔡統（さいとう）を乗せて秦野殿（しんやでん）へ向かう。長い距離をふたりきりになるので、道行きはいつも憂鬱だ。

この妖しい顔で見入られると、たびたび櫂を持つ手が止まってしまう。まるで見えない力に絡め取られている気分だ。

「ええ。月は美しいと思います」

どうにか体の支配を取り戻し、水鏡は力強く舟を漕ぐ。

秦野殿まではあと少しだ。早くいかがわしい視線から解放されたい。

「私といるのに、変わった人だ。あなたはなにを楽しみに生きているのですか」

一番の楽しみは商売だが、後宮ではそれもできない。ほかに思いつくのは食べることや舟を漕ぐことくらいだが、蔡統に言えば笑われるのは目に見えている。

「狸才人といると、倦む暇がありません」

これはこれで本意ではないが、黙するよりはましと考えた。

「ああ、聞きましたよ。今日も狸才人と、御妻の悪事を暴いたそうですね」

「耳が早いですね」

「耳が多いんですよ」

蔡統はにやりと笑い、試すような目つきで水鏡を見つめる。後宮中の老若男女と及んでいるこの宦官には、目や耳となる者がさぞかし多いのだろう。

「それこそが、蔡統さまにとっての楽しみですか」

「おやおや」

蔡統がしたり顔で笑う。失言だった。「おやおや」と言うだけで、その後に「小鏡も房事に興味がおありですか」と言わないところがいやらしい。

「着きましたね。それでは、どうぞごゆっくり」

これみよがしにくつくつ笑い、蔡統が舟を降りた。

水鏡も即座に下船する。明らかに下世話なことを考えているであろう蔡統から、一刻も早く離れたい。

行灯を手に秦野殿の門をくぐり、暗い中庭を従者に案内されて歩く。

舟を降りると途端に闇が意識された。後宮には幽鬼にまつわる噂も多い。楽しい気分で櫂を動かしていないと、どうしても夜にびくついてしまう。

しかしすぐに明るい室内へ通されたので、水鏡はいくらか心安らいだ。

「早かったな、鏡(きょう)」

すでに仕事を終えていたのか、開成王(かいせいおう)はすぐにやってくる。

「開成王殿下に、ご挨拶を」

「立つがよい。鏡、こっちへ」

待ちきれぬと言った様子で、開成王が寝室へ手招きした。

四　水鏡、血湧き肉躍る

包子(パオズ)に焼売(シウマイ)、大根餅(だいこんもち)。

月餅(げっぺい)、桃包(タオパオ)、杏仁豆腐(きょうにんどうふ)。

目の前の蒸籠(せいろ)には小籠包(しょうろんぽう)が湯気を立て、奥では胡麻団子(ごまだんご)が甘く香っている。

水鏡は喉を鳴らした。胡蜂事件を解決した褒美(ほうび)として、左宝宮(さぼうきゅう)での飲茶に招かれている。円卓にはこれでもかというほどの点心が並び、李家の料理人が届けてくれた品々はどれも珠玉のごとくに輝いていた。

「これ、ぜんぶ食べてよいのですか」

「もちろん。これはあなたの正当な報酬よ。遠慮せずにどんどん食べて」

狸才人に勧められ、水鏡は真剣に考えた。

――どう足掻(あが)いても、すべては食べきれない。

二品、いや気張って三品か。ならば限られた胃袋をどう満たすか。

――ここはやはり、好物からいくべきか。

富水(ふすい)の街にいた頃の水鏡は、姉とよく露店で買い食いをしていた。

ふたりでひとつの包子を買い、それを半分に割って分けるのだ。もちもちの生地のあたたかさ。ふかふかした食感。生姜の効いた肉の餡。おいしい包子を口いっぱいに頬張っていると、先に食べ終えた姉は笑った。

『鏡よりおいしそうに食べる人、私は知らないわ』

姉はいつも大きいほうをくれ、にこにこと妹の食事を眺めていた。

「水鏡、食べないの。冷めちゃうわよ」

包子は好きだし、姉との思い出も多い。では一品目はこれで決まりか。

――否。

包子は地方によって、中身の具が異なる料理だ。中には包子を饅頭と称する土地もあり、具が入っていなかったりするらしい。肉の餡を期待してかぶりつき、もしも中身が入っていなかったりしたら――。

「そんなの、想像すらできない絶望だ……」

「そ、それほどなら、あたたかいうちに食べなさいよ」

包子はやめよう。商人は博打でなく、算段で富を得るべきだ。

では杏仁豆腐はどうか。杏仁豆腐は杏子の種の中身をすりつぶし、その絞り汁を寒天で固めた実にさわやかな甘味だ。

口にすると食感が面白く、いつまでも舌で転がしたくなるなめらかさがある。

富水では庶民も比較的簡単に口にできたので、夏場に姉とよく食べた。

とはいえ甘味であるので、空腹のいま選ぶものでもない。

──否。ならばこその初手、杏仁。

安洛帝時代の宴席で最後に食された杏仁豆腐は、薬膳料理としても名高い。杏仁の効能は肺と腸を清めることにある。

もしも欲張り頬張り三品を平らげれば、明日の水鏡の胃はまさに必死。

しかし一品目から杏仁豆腐で体をいたわれば、望外の四品も見えてくる。

「私は天才か」

「よくわからないけど、水鏡が食べないなら先にいただくわ」

よいしょと、狸才人が皿ごと包子を引き寄せる。

「食べます！　待って、食べますから！」

水鏡は大急ぎで皿の端をつかみ、どうにか包子をひとつ手に取った。

富水のものより小ぶりだが、ふかふかの手触りは変わらない。しかし油断はできないと、仕かけ箱を開けるような手つきで恐る恐るに包子を割る。

立ち上る、肉と生姜の香り。

具が入っていたことに安堵すると同時に、猛烈な空腹感が胃袋を刺激した。

即座に「いただきます」と食らいつく。生地に包まれた餡の中には、肉の間に刻んだ筍が入っていた。定番だが、それゆえに一番旨いと言える。

「水鏡、あなたって子どもの頃、過酷な環境だったのかしら」

包子をおいしくいただいていると、狸才人が憐れみの目を向けてきた。

「いえ、恵まれていたほうだと思いますよ。母はいませんでしたが、父も姉も私に優しくしてくれました。陳家ほどではないですが商売も繁盛していて、使用人も雇っていましたよ。どうしてそう思ったんですか」

借金があったので、実際はそこまでいい暮らしではない。ただ爪に火を灯すというほどでもなく、水家はみなそれなりに幸せだった。

「だってあなた、私と知りあってから初めて笑ったわよ。いまも満面の笑顔」

「すみません。貧しくはなかったんですが、食べるくらいしか趣味がなく」

笑わぬようにしているつもりはないが、表情に乏しい自覚はある。美人の姉と比べられて育てば、誰だって感情をなくす。

そう言いたい水鏡だが、包子で笑顔を取り戻したのはさすがに恥ずかしい。我ながら子どもじみていると、体がじわじわ熱を持つ。

「謝ることないわ。あなたの笑顔、とっても素敵よ。こんなにかわいい顔で笑えるなら、もっと事件を解決してどんどん食べさせないとね」

そんな風に言ってくれたのは、姉以外では狸才人が初めてかもしれない。

「解決と言えば、黄宮調は勇猛果敢でしたね」

慣れない言葉が面はゆく、水鏡はそれとなく話題を変えた。

「そうねえ。自ら率先して養蜂着を身につけて、廃宮の胡蜂の巣を取り除いて。刺されたら蜂毒で死ぬかもしれないのに、たいした忠誠心だわ」

黄宮調の活躍は見事だが、それが忠によるものとは言い切れない。

水面に映った黄宮調の顔には、明らかな憎悪が浮かんでいた。それがどこに向けられたものかは不明だが、職務への矜持にしては怒りが強すぎるように思う。

「そういえば、侍医も藪ではありませんでしたね」

胡蜂の毒に対する反応は、個人差があるらしい。刺されて平気な場合もあるが、体質によっては直ちに呼吸器が停止することもあるという。

孔娘の場合は、刺された後に溺れているのでどちらとも言えない。しかし容態からはありそうにない「毒」と診断したのだから、さすがは帝のかかりつけだ。

「でも一番活躍したのは、やっぱり水鏡ね」

「私はなにもしてませんよ。黄宮調のように証拠も吟味していません。ほとんどが根拠のない口からでまかせです」

それでもどうにかなったのは、水鏡が商人だったからだ。

たとえばふたりを相手にする商談の場合、力を持つほうを相手に議論をふっかけるふりをして、実は隣にいる弱いほうに当てこする。やがて弱者がぽろりと弱音を吐いたら、それを言質に強者との商談を有利に進める。

今回の場合、水鏡は最初から側仕えの宮女たちを狙っていた。なにしろあれだけ数がいたので、ひとりくらいは我が身かわいさに寝返ると踏んだのだ。

「さておき、かわいそうなのは孔娘よね。完全なとばっちりだもの」

「そうですね。今後は優しい主人のいる場所で働けるとよいのですが」

「だったら孔娘に優しくしてくれた、馬采女のところかしら」

「それだけは、やめておいたほうがよろしいかと」

陳宝林から茶が届いたとき、馬采女は日頃の関係から慎重になったはずだ。ゆえに孔娘や崔鈴を茶に招き、自らが飲むより先に毒味をさせたのだろう。

そもそも馬采女はなぜ、いがみあっている陳宝林に花の種を注文したのか。商人の娘ならほかにもいるし、連翹は珍しいものでもない。

おそらく馬采女は、こうなることを狙ってわざと陳宝林に頼んだのだろう。黄宮調が騒ぎ立てなければ、自分で事件を暴くつもりだったのかもしれない。

となれば孔娘に与えた連翹の意味が、大きく変わってくる。

「陳宝林の悪巧みが、かわいく思えるわね……」

水鏡が推測を聞かせると、さすがの狸才人も身震いした。

「まこと、宮女の命は軽いです」

そう思わざるを得ない最たる理由は、陳宝林にお咎めがなかったことだ。

「宮女が死にかけたくらい、なんでもないのよね。すわ叛逆かなんて大事(おおごと)になったけれど、陳宝林は日頃から董貴妃に貢ぎ物をしていたから」

後宮の主は皇帝ではなく、現時点では内官最高位に当たる董貴妃だ。人を罰するのも賞するのも、断頭妃の胸ひとつにかかっている。

「きっといまごろ、黄宮調は歯噛(はが)みしているでしょうね」

いくら宮調が独立した職掌でも、後宮の政治力にはかなわない。

「後ろ盾がないって、そういうことよ。なのに妃妾が嫉妬しただけで、とばっちりが一番下の宮女にくる。いいかげん水鏡も、庇護がほしくなったでしょう。前も言ったけど人を増やしたかったし、左宝宮はいつでも歓迎よ」

「お断りします。どうせなら孔娘を雇えばよろしいでしょう。狸才人のようなお優しい方を主人にすれば、あの娘も心から安らげるはずです」

「ま、水鏡ならそう言うでしょうね。だから、もう雇っちゃったの」

狸才人が名を呼ぶと、食堂に孔娘が入ってきた。

「水鏡先生。あなたはわたしの命の恩人です」

うやうやしく拝礼し、孔娘が膝元にかしずく。

「ちょっと、立ってください孔宮女。私はあなたと同じ四等です。先生なんて歳でもありません。船民なら誰だって、溺れた人は助けます」

水鏡は泡を食って席を立ち、ひざまずく孔娘を起こした。

「でしたらせめて、姐さまと呼ばせてください。そしてこれから、おそばにいさせてください。どうか、どうか」

水鏡の手を握った孔娘が、頰を上気させて見つめてくる。

「命の恩人で、おまけに唇まで奪われたんだから、乙女になって当然よね」

狸才人が、なつかしむような顔で笑った。

「ですが私も女人です。狸才人、主人ならなんとか言ってください」

水鏡はうろたえながら後ずさる。

「ここは後宮。男は皆無。いるのは女と宦官だけ。これは自然なことなのよ」

すり寄ってくる孔娘を無下（むげ）にもできず、水鏡は途方に暮れるしかなかった。

五　黄宮調、水夫を吟味する

果実の酒を振りまいて、黄宮調は日がな胡蜂を追いかけた。

巣こそ簡単に処分できたが、すべての蜂を駆除するのには七日がかかっている。おかげで体はくたくただ。養蜂着は動きにくく、生地もぶ厚くやたらに重い。

「疲れた……本当に疲れたよ美美……」

難儀な仕事に片をつけた黄宮調は、体を引きずり自室へ戻ってきた。肉体の疲労はもちろんあるが、精神的にもかなりすり減っている。

蜂追いのかたわらで吟味もしていた黄宮調は、陳宝林が蜂の巣を仕入れた記録を入手した。それを元に裁きにかける準備を進めていると、刑部（けいぶ）の尚書（しょうしょ）、すなわち最高位の上司からお達しがあった。

陳宝林はお咎めなしで、此度の件は不問に処せとのことらしい。

「董貴妃め。どこまで後宮を私物化すれば気がすむのだ」

呪詛を吐きつつ歯噛みして、高床の牀に体を投げ出す。

圧力に屈する組織も、我が物顔で振る舞う妃嬪も、黄宮調は等しく憎んでいた。

「だがどうしようもない。まだ私に力が足りないのだ」

つぶやいて、見るともなしに自室を眺める。

目の前には、外海から仕入れた書物の並ぶ背の高い棚があった。

その脇にある箱の中には、妃嬪であれば腕輪やかんざしをしまうだろう。しかし黄宮調のそれには、玻璃の管や大小さまざまな瓶が入っている。

文机の上には翡翠の乳鉢が置いてあり、薬を煎じた実験の跡があった。

黄宮調は帝の僕だが、世継ぎの母となる内官ではない。

後宮内では唯一の、朝議に出席する女性の官僚だ。昔の宮調職は「宮正」と言われたように、その職務は後宮内の不正や不法をただすことにある。

黄宮調は父を亡くしていた。父もまた官吏だ。父が同僚の不正を暴こうと躍起にならなければ、親子で宮仕えができていただろう。

父と、同じ轍は踏まない。

そう決めて宮調を志願してから、黄宮調は外海の書物で証拠の集め方を学んだ。髭を生やした男たちと渡りあうべく、衣服や化粧で女を主張することをやめた。

権力に屈さぬ地位への出世を目指し、いつの日か父の汚名を雪ぐ日を夢見て。

しかし現状その地位は遠く、同じ女に邪魔をされている有り様だ。

「もういい。今日はなにも考えない。ここ数日、私はよくがんばった。本当によくがんばった黄美鶴。今宵は心ゆくまで湯浴みしよう」

肩の美美を鳥籠へ戻し、結い髪を無造作にほどく。

妃嬪のそれとは比べものにならないが、黄宮調の部屋にも風呂があった。仕切りの向こうに浴槽を置いただけの代物でも、疲れた体には桃源郷と言える。宮調としては男のように振る舞っていても、黄美鶴自身は年頃の女人だ。

浴槽にはすでに、従者が薬湯を用意してくれていた。しからばと歩きながら官服を脱ぎ、手早く体を洗い流す。

そうしていざ湯船につま先を浸したところで、使用人の宦官が現れた。

「失礼します。黄宮調」

ぐったりと肩が落ち、うんざりとため息が出る。

「なんだ。私はひどく疲れてるんだ。用件は手短に頼む」

衝立に姿を隠し、ぼやくように返した。

「二件あります。まず紛失していた養蜂着ですが、いまだ見つかりません」

宮中で養蜂をするわけではない。しかし春先に虻蜂が出た際に備えて、顔と体を覆う養蜂着が三着保管してあった。

最近だと鉱物毒騒ぎがあった際、花舟の遺体を吟味するのに着用している。あくまでないよりましとの判断だが、おかげか二次被害は出なかった。

ただそのとき、養蜂着が一着紛失していることに気づいた。急を要さずと放置していたが、そのせいで今回蜂退治の人手が足らずに苦労している。

「そうか。どうでもいいな。なれど今回は司雑司に注文しておけ。次」

「はい。水宮女の謄籍を入手しました。こちらです」

謄籍は後宮独自の人物評だ。宮女たちは入宮する際に出身や経歴、及び試験の結果や勤務態度などが詳細に記録される。

あの一介の水夫に対し、黄宮調はすでに二度も後れを取っていた。

しかしこちらがぬかったのではなく、あちらが卑怯だと思っている。結果がよければいいというものではない。特に胡蜂の件は論外だ。

証拠もないのに話術で白状させるなど、父と同じ冤罪を生みかねない。

ゆえに次こそは正々の旗、堂々の陣としてねじ伏せようと、水夫の手の内をなるべく知っておきたかった。

「そうか。どうでもいいな。そこに置いて下がれ。ご苦労」

つまらなそうに返答すると、従者がそそくさと部屋を出ていった。

黄宮調は忍び足で衝立から出て、謄籍を持って湯船にとって返す。

しかしまずはと、疲れた体を湯に沈めた。

「くぅ」

全身の開放感に吐息が漏れる。

この癒やしを味わうために、日々働いているといっても過言ではない。湯に浸かって宮女に体を洗わせるだけの妃嬪には、真の湯浴みは味わえないだろう。

「これぞ悦楽の極み……さて」

ほどよく体がふやけたところで、水鏡の謄籍を読み始めた。

「なに、十八だと。童女みたいななりをして、私とふたつしか変わらないのか」

髪型からませた子どもと思っていたが、実際は大人だったらしい。年頃のくせに自分を飾ることに興味がないのだろうか。

「出身は、やはり氷山の富水か。まあ水夫の大半は船民だしな。父は商人。店はなんでも商う老水堂と。どこかで聞いた覚えがあるな」

しかし大店というわけではないだろう。

音に聞くような商家の息女なら、宮女にならずに婿を取る。陳宝林のように妃妾として招かれたのでない限り、商人の娘はわざわざ入宮しない。

「ではなぜ後宮に……考えるまでもないか。母は早くに亡くなっているとあるな。ほかには姉がひとり。予想通りだ」

おそらく水鏡の父親は、商いで娘ふたりを養えなかったのだろう。つまり水鏡は父の稼業を守るため、もっと言うなら口減らしのために自ら入宮したのだ。

「顔立ちは生意気だが、あれで健気な娘なのだな」

心情的には応援してやりたいが、水鏡のやり方が気に入らない。たとえそこに義があっても、証拠もなく罪を裁くのは不正行為だ。

「あれでは、よってたかって父を追い立てた奸臣どもと同じ……これは」

謄籍に目を疑う記載を見つけ、黄宮調は湯から飛びだした。

服を着るのももどかしく、辺りをかきまわして過去の調書を探す。

「あった……やはりそうか」

黄宮調の脳裏に、この世のものとは思えない美しい光景がよみがえった。

老水堂という店名に覚えがあったのは、すでに調書で目にしていたからだ。

「あの水夫が入宮したのは、この事件のため……これも運命か」

なくなったものは水の底

一　水鏡、隠し事が露見する

美貌、容貌、天賦の才。

家柄、人柄、人の才。

帝の使いに集められ。あえて自ら志願して。

稼業で便宜を図るため。食いっぱぐれがないと聞き。

宮女となった者たちには、さまざまな入宮の理由がある。

入宮に際しては一応試験があった。しかし天賦の才と人の才を持つ者、すなわち容姿が優れていたり家柄がよい者たちは、すんなりと後宮に入れる。

たとえ天と人の才に恵まれずとも、能歌善舞であれば、達筆であれば、書や歴史からよく学んでいるとわかれば、おおむね入宮が許された。

だがそこに商才は含まれていない。水鏡が入宮できたのは船民だからだ。水の上に生きる者たちは、後宮では水夫として苦もなくやっていける。

しかし生まれた地にも恵まれていないとなると、選抜試験は厳しくなった。それをくぐり抜けてきた者たちは、みなおしなべて気位が高い。

いま水鏡の隣で舟を漕ぐ宮女もまた、そうした芸を持たない選抜組だった。

「だめね、水鏡。あなたの所作は美しくない。船民の水夫はみんなそう。舟なんて漕げればいいと思っているでしょう。私を見ておきなさい」

先輩宮女の崔鈴が、すいとやわらかに舟を漕ぐ。たしかに仕草は優雅だったが、伝わる力も少なく効率は悪そうだ——とは、おくびにも出さない。

いつもこうして崔鈴に指導されているわけではないが、今日は運悪く川路の途上で会ってしまった。不幸にも互いに人を乗せていなかったため、斯様にちくちくと小言をいただいている。

「あなたは脇が開きすぎ。だから、がさつに見えるのよ」

後宮の水夫という仕事は、巷で言えば駕籠の担ぎ手、戦場であれば軍師の車を押す車夫だ。呼び止められれば誰でも乗せ、言われるがままに舟を漕ぐ。

しょせんは力仕事であり、そこに美しさを求める者はいない——という言葉も呑みこんで、水鏡は粛々と櫂を動かした。

「私たちは川路を泳ぐ水鳥のくちばし。騒がしければ貴いお方の障りになる。そんなんじゃあなた、いつまでたっても輿船を漕げないわよ」

「どちらかと言えば、水夫は水鳥の足だと思いますが」

あからさまな間違いだったので、反射でぽろりと言ってしまう。

「このっ……まあ口答えしたければ、それでもいいわ。ただね、私は一生を宮女のままで終える気はないの。わかったら、あなたも足を引っ張らないでちょうだい」

そう言って、崔鈴は叉路を丁寧に曲がっていった。

たしかに水夫であっても、等級を高めれば御妻にまでは引き上げてもらえる。給金も権力も増し、いまとはいくらか暮らしぶりも変わる。

——それでも、宮女はどこまでいっても宮女だろうに。

妃嬪ほどの待遇は望めないし、誰かと添い遂げることもほぼ叶わない。後宮の外に出ることは許されず、一生を皇帝陛下のために捧げて終わる。

宮女は決して奴婢ではないが、籠の鳥なのは間違いない。

蒼は大海原を背にし、外海へも開かれた自由な国だ。開放の時代にわざわざ後宮に閉じこもろうとする宮女の気持ちが、水鏡はいまだ理解できなかった。

去り際の崔鈴は「見所あるのに」とつぶやいたが、期待には沿えないだろう。

「毎度どうも。狸才人、参上しましたよ」

　もともと水鏡は狸才人ばかり乗せていたが、最近はいよいよ専属に近かった。いわく「司舟司まで行くのが面倒」らしく、とうとう迎えにこさせられている。

　朝もほどよい時間になったら、水鏡はこうして左宝宮(さほうきゅう)を訪れた。たいていは侍女の者が迎えてくれるが、今日は不思議と誰も出てこない。

　はてと奥の間をのぞいてみると、狸才人と侍女たちが卓子(たくし)を囲んでいた。

「うまいわねぇ。本人よりも美しいんじゃないかしら」

「この冷ややかな目つき。まこと、水宮女にそっくりね」

　なぜか自分の名が出たので、そっと近づいてみる。

　すると椅子に座った幼い宮女が、筆を持って絵を描いていた。先日まで陳宝林(ちんほうりん)の下で働いていた、蜂に刺された孔娘(こうじょう)だ。なにやら小舟を描いているようだが、漕ぎ手の水夫はやけに髪が短い。

「これ、まさか私じゃないですよね」

　水鏡が声をかけると、みながわっと驚いた。

「ああ、びっくりした。ちょっと、水鏡。いるならいると言いなさいよ。孔娘がかわいそうでしょ」

　なぜか狸才人に怒られたので、水鏡は困惑しつつ孔娘を見る。

まだ十三のあどけない宮女は、描いた画を隠すように顔を伏せていた。なぜか耳を真っ赤にしながら、「見ないで姐さま」とわめいている。

「水鏡はひどい人ね。孔娘はがんばって大好きな姐さんの絵を描いたのに、『私じゃない』なんてあんまりだわ」

べそをかく孔娘の背を撫でながら、狸才人が蔑みの目を向けてきた。

「下手と言ったわけではないのです。水夫があまりに美人だったので」

「『面々の貴妃』って言葉があるでしょう。男なら誰しも、自分の妻が絶世の美姫に見えるもの。女だってそうよ。ねえ」

そうよそうよと、左宝宮の侍女たちも水鏡を非難する。そんな馬鹿なと言いたかったが、状況はどうにもこちらが不利だ。

「その、孔娘は絵がうまいですね。美人に描いていただいて、どうも」

かろうじて返すと、孔娘が瞳を潤ませた。すわ泣きだすかと身構えたが、幼い宮女はもじもじとはにかんでいる。

「はい、仲直りして落着ね。それじゃあ、行きましょう」

くすくす笑う狸才人と外へ出ると、宮女たちが見送りにきた。

「行ってらっしゃいませ、狸才人」

「行ってらっしゃいませ、姐さま」

孔娘だけが、主人ではなく水鏡に言葉をかける。

「よいのですか、狸才人。孔娘を諌(いさ)めなくて」

舟を漕ぎだし、左宝宮を離れてから尋ねた。いくら慕っているとはいえ、主人よりも一介の宮女を崇(あが)める態度はまずい。

「なんで諌めるのよ。あの子はまだ十三。楽しいことだけしていればいいわ」

妃妾(ひしょう)たちにとって、宮女はしつけるべき召使いだ。たとえ童女であっても過ちを犯せば、厳しく叱る必要がある。甘やかして規律を乱せば品位が下がり、ひいては帝の足を遠のかせる。

そういった意味で、陛下の寵を望んでいない狸才人は自由だ。みなが籠の鳥たらんとする後宮で、猫のごとくに気ままに生きている。

「左宝宮は、ご主人さまがお優しくてよござんすね」

「商人言葉が出てるわよ。私はほかの主人が厳しすぎると思うわ。この間も――」

狸才人の口から、宮女が主人にされたひどい仕打ちが語られた。

水鏡は話半分に聞き流しつつ、あちこちの宮殿へと舟を寄せる。

先々で新たな噂を仕入れていると、柿生宮(しせいきゅう)の宮女がひとり行方不明と聞いた。

「よくある話ね。なにしろ宮中には、殿方がいないから」

狸才人が言うには、宮女の失踪は珍しくないらしい。

代替わりする妃妾とは違い、宮女は死ぬまで後宮で働き続ける。その多くが男女の愛を知らぬまま老いるのが常だ。水鏡のように仕事や趣味に夢中になれる人間ならば関係ないが、男子不在の世界に絶望する者もいるという。

「その現実を目の当たりにすると、宮女はかつて男だった宦官に走るのよ。それかまれに会う親兵（しんぺい）や医者たちと、命がけの逢瀬を重ねたりね」

不義が見つかれば罰を受けるが、こっそりむつみあった末に陛下の慈悲を賜れば結婚は可能だという。宦官も妻帯可能で、養子を取れば家族も持てるそうだ。

「でもそういう相手で満足できない宮女は、だいたいが脱走するのよ」

「脱走は、たしか重罪でしたね」

「そう。愛を求めて市井に逃げても、病気の親に会いにいっても、主人の許可なく宮中から出れば、みな等しく罰せられるわ」

そして往々にして、主人の許可は下りないものらしい。

理由は単なる意地悪だったり、宮女の逃走を危惧したりとさまざまだ。孔娘がいい例だが、本当に宮女の幸せは仕える主人次第と言える。

「行方不明の宮女は、主人の張才人と馬があわなかったみたいね。叱責で突き飛ばされて、前歯が欠けたらしいわ。単に逃げだしただけならいいけど」

狸才人は案じるように、視線を空へと向けた。

「宮中の行方不明者が、脱走とは限らないということですか」

狸才人は肯定した。廃宮の奥や井戸の底、そしていままさに舟を漕いでいるこの川路でも、失踪した宮女の亡骸がよく見つかるという。

「なるほど。ちなみに欠けたのは、どちらの前歯でしたか」

「なによ水鏡。そんなこと聞いてどうするの」

「狸才人の耳なら、なんでも仕入れているかと思いまして」

「私をなんだと思ってるの。右よ」

噂好きもここまでくると、もはや笑うしかない。

「水鏡が吹きだすなんて、今日はいいことありそうね。というわけで、ちょっと柿生宮へ寄っていきましょうか」

そうなることはわかっていたので、すでに舳先はそちらに向いていた。

「水夫、また貴様か」

柿生宮の入り口には、男装の麗人が立っていた。相変わらず肩に黄鳥（うぐいす）を留まらせていて、水鏡を見留めるや露骨に嫌な顔をする。

「いいか、水夫。今回ばかりは貴様の出る幕は——っしゅ」

見目にそぐわぬかわいいくしゃみをして、黄宮調（こうきゅうちょう）は鼻をすすった。

「どうも、黄宮調。早行水（はやぎょうずい）で湯冷めでもしましたか」

不機嫌顔と目をあわさぬよう、水面を見ながら会釈する。

「余計なお世話だ。とっとと帰れ」

しっしと手を振る黄宮調に、狸才人が寄り添った。

「たいへんね、黄宮調。あとでいい薬を届けさせるわ。ところであなたがいるってことは、行方不明の宮女の件よね。その子は脱走かしら。それとも……」

みなまで言わずに目を輝かせる狸才人に、水鏡はまたかとあきれる。

「どちらでもありません。楊明（ようめい）は、その狭間（はざま）です」

あしらわれるかと思っていたが、黄宮調は存外素直に教えてくれた。

しかし「狭間」という不明瞭な説明に、狸才人は首をひねっている。

「脱走と死の狭間。つまりは自死ということですか」

「勘がいいな水夫。まあ褒めるほどではないが」

黄宮調は鼻を鳴らしたが、どこか常より覇気がない。

「入水（じゅすい）をほのめかす、楊明の遺書があった。望まぬ入宮だったらしい。藤沢（とうたく）の出身らしいが、そちらに恋仲の男がいたとしたためられている」

親に請われて入宮したものの、楊明という宮女は想い人が恋しかった。二度と会えぬと思うと苦しく、来世で再会することにしたらしい。水の後宮では、いつでもどこでもそれができるだろう。

「証拠があった。すなわちこの件は落着だ。一介の宮女はさっさと去れ」

水鏡は石垣のそばまで歩き、下方の川路をのぞきこんだ。

水面に小さく映る黄宮調の表情は、水のようには澄んでいない。

「水夫、遺体を捜しても無駄だ。貴様も富水（ふすい）の出身なら知っているだろう。この季節は水死体が浮かび上がるまでに月日を要する。すなわち次に私が仕事をするのは、二十日の後（のち）ということだ」

やけに説明的な物言いだが、水温が低い時期は遺体が浮くまで時間がかかるのは本当だ。水の上に暮らす船民は、みな魚腹（ぎょふく）に葬られた者を見て大人になる。

しかし水鏡が気になったのは、遺体の行方などではなかった。

――なぜ黄宮調は、私が富水の出身と知っているのだろう。

水夫は富水出身の船民が多いが、中には崔鈴のような例外もいる。お堅い黄宮調が断定したということは、なにかしら根拠があるのかもしれない。

「黄宮調。宮中では、こういった入水が多いのですか」

ひとまず様子を見るべく、当たり障りのないことを尋ねる。

「……多い。行方不明者の大半が実家に戻っていない。なにが言いたい、水夫」

黄宮調の反応には、ほんの少しだけ間があった。

「いえ、余計なことを言いました。忘れてください」

「ふん。貴様の姉、水蓮のことを聞きたいのか」

表情こそ変えなかったものの、体に戦慄が走る。黄宮調が自分を吟味した可能性は予測していたが、こうも早く切りだしてくるとは思わなかった。

「水蓮って、どこかで聞いた名だけど……ああっ！　水鏡、あなたあの子の妹だったの。陛下のお手つきがあったって噂された、花舟で死んでいた水蓮の」

狸才人は水鏡以上に驚愕している。

「すみません。隠すつもりはなかったんですが」

「嘘おっしゃい。私は水鏡に話したわよ。花舟で流されてきた、美しい死体にまつわる噂を。あなた、素知らぬ顔をしてたじゃない」

「すみません。隠すつもりはありました。あまり目立ちたくないので」

水鏡は素直に頭を下げた。しかし注目を避けたい理由までは言及しない。

――たぶん黄宮調は、私の騰籍を調べたんだろうな。

思った以上に敵視されていると知り、水鏡は内心で自嘲する。

昔から人に好かれなかった。愛嬌もなく無愛想で、若いくせして弁が立つ。そんな小生意気な娘と、仲よくなりたい物好きは少ない。

だから水鏡が心を許せた相手は、これまでふたりしかいなかった。

うちのひとりである姉は、もうこの世にいない。

「そういえば、水蓮の事件を調べたのも黄宮調よね。脱走の件が自死で落着なら、あなたひまでしょ。花舟事件について話してちょうだいよ」

狸才人が尋ねると、黄宮調は一笑に付した。

「私はいつも多忙です。後宮内には、吟味が必要な事件が山ほどあるので」

「だったらその吟味、水鏡が手伝うわよ。これなら双方に益があるでしょ」

水鏡も黄宮調も、「ありません」と声をそろえた。

「なによ水鏡。あなた、お姉さんの死を調べるために入宮したんでしょ。そうじゃなきゃ、あなたみたいに優秀な商人が後宮にくるわけないじゃない」

さすがに水鏡も狼狽した。いましがた水蓮が姉と知ったばかりなのに、狸才人はもうこちらの目的に勘づいたらしい。もはや隠す意味はなさそうだ。

「たしかに、私は姉の死を調べるために入宮しました」

生まれてからずっと一緒に育っているのに、水鏡にはときどき姉の考えがわからなかった。とりわけ許嫁との結婚を控えていながら、すべてを捨てて後宮に入った理由が思い当たらない。

その上あるとき突然に、朝廷が姉の訃報を伝えてよこした。姉は水底の岩から噴きだした毒で亡くなったと、あまりに信じがたい死因を告げてきた。

だから水鏡は知りたい。花舟という常軌を逸した死の真相はもちろん、あまりに不可解な姉の心を。

ゆえにできるなら、黄宮調の話は聞きたかった。しかしこの石頭の麗人が、はいそうですかと情報をくれるとは思えない。

「いいだろう。仕事を手伝わせるつもりはないが、話してやる」

予想とは裏腹に、黄宮調は簡単に口を割った。

「水蓮の件は、鉱物毒の発生による事故だ。これ以上は話すことがない。貴様がいくら調べようと、なにも出てこない。あの件は落着だ」

　仕事にけちをつけるなという口ぶりだ。しかし水面に映る黄宮調の顔は、後悔があるかのように翳(かげ)っている。

「水鏡の前で言うのはなんだけどね。水蓮は、ただ美しいというだけで妬まれていたでしょう。後宮佳麗三千人に動機があるのに、事故ってのも妙よね」

　狸才人の疑問はもっともだ。帝のお手つきがあったという噂で、姉はずいぶんやっかまれたらしい。その噂が真実でなくとも、嫉妬を買ったのは事実だろう。

　一介の宮女に先を越されたとあれば、妃妾の中には殺したいほど水蓮を憎んだ者もいたはずだ。同じ宮女であれば、なお妬んだに違いない。

「動機なぞ関係ありません。すべては証拠。証拠がすべてです」

　黄宮調なら当然そう言うだろう。

「では姉の、水蓮の死には、事故と断定できる証拠があったのですか」

　黄宮調の剣呑(けんのん)な視線を、じっと見つめ返す。すると本当はそうしたくないというように、男装の麗人はゆっくりと口を開いた。

「あった」

　事故と認定せざるを得なかったが、黄宮調自身も腑(ふ)に落ちていない。水面を見るまでもなく、そんな苦渋が顔に出ていた。

「黄宮調さま！　黄宮調さま！」

　ふいに柿生宮の中から、ひとりの宮女が走り出てくる。

「たいへんです。張才人の、かんざしがなくなりました」

　宮女の訴えを聞き、黄宮調の美しい顔がゆがんだ。

「知るか！　なんでもかんでも私のところへ持ちこむな！」

「でもそのかんざしは、董貴妃から賜った高価な物なのです。張才人は、行方不明の楊明が下手人と疑っています」

　黄宮調の瞳の奥に、以前にも見た憎悪が宿った。

二　水鏡、乗るべき舟に乗る

「だから、証拠があると言っている！　遺書がある。楊明は死んでいる。死のうとしている人間が、かんざしなんぞ盗むものか！」

　黄宮調が嚙みつく勢いで吠えると、負けじと張才人も声を張り上げる。

「遺書があるというだけで、楊明が身投げしたとは限らないでしょ！」

　柿生宮の一室では、先ほどから侃侃諤諤の争いが続いていた。

発端はこうだ。張才人は散歩に出るため、董貴妃から賜ったかんざしを身につけようとした。しかし宝具箱の中にあるはずが見当たらない。侍女に尋ねても行方が知れない。そこで盗まれたと見当をつけたという。

誰が盗んだのかと言えば、怪(あや)しいのは遺書をしたためて消えた楊明だ。張才人はそう決めつけ、黄宮調の意見を真っ向から否定しているのだった。

それはそれとして、なぜ自分はこの場にいるのかと水鏡は嘆く。もちろん狸才人が首を突っこんだからだが、今日はことさら嫌な予感がした。

「だいたいあの子には、動機があるわ。この間も失態を叱ったら――」

宮女の疑惑をあげつらう張才人は、「一人当千(いちにんとうせん)の千の方」というような、無個性の世婦(せいふ)だ。唯一大きな耳飾りが目立つが、それは小耳を隠すためだろう。昨今の男たちは耳が大きく背が高く、小さい足の豊満な女を好む。

しかし張才人はほかに特徴がないので、その印象は「小耳を隠すために大きい耳飾りをしている妃妾」でしかなかった。

「動機など関係ない。証拠がすべて。すべては証拠だ」

この件に関しては、さすがに黄宮調の肩を持てない。宮女が一筆したためただけで自死と断ぜられるなら、脱走を企(くわだ)てる者はみなそうする。

しかし張才人が正論をかざしても、黄宮調の石頭は頑としてゆるがない。

ふたりの議論は完全に平行線だったが、思わぬ形で終結を迎える。

「なにごとだ、騒々しい」

突如として現れた一団に、その場の者が一斉にひざまずいた。

「董貴妃に、ご挨拶を」

水鏡も頭を垂れながら、心の中で「最悪だ」とこぼす。

「顔を上げよ」

お許しを得て、水鏡は間近で董貴妃の姿を見た。

金糸で縁取られた、深紅の吊帯と長裙。その胸元は大きく開き、真っ白な谷間が強調されている。羽織った長衣も壮麗な刺繍が施され、肉づきのよい腕がなまめかしく透けていた。露出した足はすこぶる小さく、耳たぶも触れたくなるほどに広い。

「張才人。なにゆえ斯様に騒いでおるのか」

声を発した口元には、嘲るような笑みがある。見開いた目は、涼やかと言うより冷ややかだ。額の紋様は貴妃だけに許された花鈿で、赤く貴い威光を放っている。

総じて董貴妃は美しかった。この後宮の誰よりも。

それはみなが認めることだが、見とれることには結びつかない。

董貴妃の美しさには、光ではないまぶしさがある。直視すれば魅入られそうな、目を背けても見入られそうな、そんな妖艶なる輝きが全身から放たれていた。

――皇帝陛下も、この魔性に囚われたんだろうか。

董貴妃は陛下の寵を一身に受けているという。ゆえにいまだ正室たる皇后のいない後宮において、貴妃は実質的な支配者だ。

その人品は容貌に似て冷酷で、息をするように罰を下す。

ついた呼び名は断頭妃。刑を処すのは背後に控えた、巨軀の宦官たる崑銅。

「たっ、ただちに報告を」

張才人があくせくと、事の次第を説明した。

「ほう。貴様は妾がやった、かんざしを失さしたと申すか」

董貴妃は薄く笑みを浮かべていたが、張才人は震え上がる。

「と、とんでもありません。かんざしは、後宮から遁走した宮女が盗んだのです」

「ならば、なぜその者を捜さぬ」

「恐れながら、董貴妃さまに申し上げます」

黄宮調が慎ましく口をはさんだ。さすがに貴妃相手にはわきまえるらしい。

「黄美鶴か。申してみよ」

「その宮女、楊明は遁走したのではなく入水したのです」

「さらば亡骸をあらためよ」

「できません。川路に身投げした者は、しばらくは見つかりませんので」

黄宮調が楊明の遺書を差しだした。菫貴妃が一読して冷笑する。

「黄美鶴。貴様はこの文をもって、宮女の死の証しとするのか」

「正確には異なります。季節を鑑み、水死体の上がる時期を見極め、しかるべき折に司舟司に捜索を依頼します。そのとき死体が発見できなければ、逐電の疑いありと調べを追跡に切り替えます。宮外の調査は管轄が異なるため――」

「戯れるな!」

菫貴妃が一喝した。

「宮女が盗人であれば、逃げる時間を与えるだけではないか」

道理だ。菫貴妃に言われるまでもなく、黄宮調だってわかっているだろう。なぜ黄宮調は、執拗に追っ手を差し向けようとしないのか。

「黄美鶴。貴様の仕事は片手落ちだ。そういえば花舟の件でも、無関係な妾をこそこそ嗅ぎ回っていたな。この無能ぶりではさもありなん。笑止千万よ」

菫貴妃の侍女たちが、一斉にくすくすと笑いだす。

水鏡はいま一度、頭の中で董貴妃の言葉を反芻した。

董貴妃は『花舟の件』で、黄宮調に『嗅ぎ回られた』と言っている。しかし姉の件は事故だと黄宮調は断言したはずだ。では董貴妃はどう関係しているのか。いつも公の立場で吟味する黄宮調が、なぜ『こそこそ』と動いたのか。

「黄美鶴。貴様に宮調は務まらぬな。本日から貴様は、司舟司の所属とする」

董貴妃が放った言葉に、黄宮調が愕然となった。

「今後はその手に櫂を持ち、主上のために忠を尽くせ。よいな」

この命令に刃向かえば、文字通りの意味で首が飛ぶだろう。内官の貴妃に官吏の人事権などあるはずもないが、後宮の支配者たる力はそれを可能にする。

黄宮調は歯を食いしばり、燃えるような瞳で床をにらんでいた。憐れになるほどの理不尽だが、今回ばかりは一介の宮女にできることが本当になにもない。

「水鏡、ここは私に任せて。そして覚悟して」

狸才人がささやいて、黄宮調と同じ目をして一歩前に出た。

「恐れながら申し上げます」

「おや、誰かと思えば李才人。相変わらず福々しい。あなたは先の蘭夫帝に仕えたお方なのですから、妾ごときに堅苦しい挨拶は不要ですよ」

董貴妃が口の端で笑う。口ぶりこそ狸才人を敬っているようだが、見下しているのは一目瞭然だ。

「過分なお言葉に感謝します。聡明な貴妃さまには言うまでもありませんが、かんざしの盗難と楊明の行方不明は、同時期に起こった別件の可能性もあります」

「違うわ！　絶対あの子が盗んだのよ！」

「無礼な。張才人、口の利き方に気をつけよ」

董貴妃がまた口の端を上げながら、張才人を戒めた。

「位は同じでも、李才人はなぜかそなたの目上なのだぞ」

董貴妃の侍女たちが、またもくつくつと忍び笑う。

しかし狸才人は面の皮厚く、微笑みながら言い放った。

「張才人が楊明を疑うのは、心にやましさがあるからですわ」

「私にやましいところなどありません！」

「でもあなた、楊明を折檻して前歯を欠けさせたでしょう」

顔を紅潮させていた張才人が、うっとたじろいだ。

「ふむ。詳しく申せ」

董貴妃に求められ、張才人がびくびくと委細を説明する。

「ほう。つまり李才人は、こう申したいのですか。張才人は後ろめたさゆえに、楊明を下手人に決めつけようとしていると」

「然様でございます」

狸才人が澄まし顔でかぶりを振る。

いま判明しているのは、楊明とかんざしが共に消えたということだけだ。たしかに両者を結びつけているのは、張才人の疑念だけでしかない。

「つきましては、この件の調べをするために黄宮調に猶予を賜りたく存じます。さすれば吟味で証拠を見つけだし、必ずや真実を解き明かしてくれるでしょう」

狸才人は余裕の笑みを浮かべているが、そこに根拠はないだろう。

「ふむ。李才人がなにゆえ黄美鶴の肩を持つのかわかりませんが、先帝に尽くしたあなたに敬意を払いましょう。黄美鶴、三日後にここへ証拠を持参せよ。もしもできぬときは……言わぬが花よの」

断頭妃の名を持つ董貴妃は、げに邪悪な笑みを浮かべて去っていった。

最後に退室した崑銅の腰に揺れる刀を見て、水鏡は背筋がぞっとなる。

「さあ、これで時間は稼げたわね。あとは水鏡がなんとかしてちょうだい」

狸才人がしれっと言った。

「すみません。私はまだ死にたくないのですが」

「でも水鏡、黄宮調が責められているときに歯ぎしりしてたじゃない。あなたが才人の位だったら、私と同じようにしたんじゃないかしら」

こちらを見透かすような視線を前に、水鏡は臍(ほぞ)を噛む。たしかにあのとき、なにもできない自分が腹立たしかった。黄宮調は公務と離れたところで、姉の件を吟味していたかもしれないのにと。

「的中ね。大丈夫よ。ちゃんと点心も用意してあげるから」

悪い予感は見事に当たったが、乗りかけた船から降りてもろくなことがない。

水鏡は水夫の経験から、これは乗るべき船だと信じるしかなかった。

三　水鏡、迫られ責められる

狸才人の左宝宮は、またの名を茶房宮(さぼうきゅう)と言う。

家柄がよいということは、ほとんどの場合は羽振りもよい。ゆえに特別な日でなくとも、茶房宮には菓子が豊富に取りそろえられている。

「狸才人、感謝します」

中庭を一望できる円卓で、黄宮調が拱手（きょうしゅ）して拝礼した。勝手に命を賭けられたというのに、憤慨している様子はない。

「いいのよ。私も黄宮調を見直したわ。頭の固い人だと思っていたけど、あなたは不正や悪事を憎んでいるだけ。宮女の色恋には、目くじらを立てないのね」

「お見通しでしたか」

黄宮調がますます頭を下げる。やはり楊明の失踪には作為があるようだ。

「まずは座って。お茶を飲みながら話しましょう」

水鏡も席についた。目の前には胡麻団子や揚げ菓子の麻花（マーホア）など、甘味がよりどりそろっている。しかし食べるのはまだ早いと、喉から出た手を呑みこんだ。

「黄宮調がかばったってことは、楊明は恋人と駆け落ちする予定なのかしら」

狸才人が茶を入れながら話を進める。

「ええ。楊明の親は、娘の後宮入りを喜んでいました。親思いの楊明は、恋人とは来世で結ばれようと泣く泣く別れます。しかし入宮しても想いは募るばかり。そこで相談を受けました。どうにかして後宮を出られないかと」

「で、書き置きをさせて、入水を偽装したのね」

「そういう方法もあると、それとなく伝えただけです」

そろそろいいかと、水鏡は胡麻団子に手を伸ばした。

「じゃあ間が悪いだけで、楊明は遅かれ早かれ出奔したってことね」

もちもちして甘く、それでいて香ばしい団子を頬張りつつ、水鏡は姉も逃亡を企てたろうかと考えた。姉も楊明と似たように、許嫁を置いて入宮している。

「ええ。楊明は、行きがけの駄賃に盗みを働くような娘ではありません」

「じゃあ、かんざしは誰が盗んだのかしらね。胡麻団子はどう思う」

水鏡は思わずむせた。

「人を食べ物の名前で呼ばないでください」

「あら、ちゃんと聞いてたの。じゃあ水鏡の見立てはどうかしら」

咳払いをひとつして、見立てというより道筋を話す。

「現状の黄宮調は、董貴妃から証拠の提出を求められています。ですが目下は、探すべき証拠がなにかすらわかっていません。そういう場合は動機が真相、ひいては証拠への標になることもあります」

「動機ねえ。今回の場合、誰が誰に対して、なんの動機があるのかしら」

皆目見当がつかないわと、狸才人が首をひねった。

「ここに、繁盛していない酒家があるとしましょう」

水鏡は皿のごま粒を動かし、ひとつを酒家に見立てる。

「酒家の主人は、立地が悪い、客質が悪い、景気が悪いと嘆きました。さて、この酒家がうまくいかない理由はなんですか」

「そんなものわかるか。料理を食ったこともない酒家だぞ」

話が見えないからか、黄宮調はいらだっていた。

「正解です。酒家は料理さえおいしければ、多少の悪条件でも繁盛します。我ら蒼の民は、あきれるほどに食道楽ですからね」

この国の民には、椅子と机以外の四つ足はなんでも食べる探究心がある。始祖たる安洛帝(あんらくてい)などは、宴席において数日かけて百種の料理を平らげたらしい。

「ですからこの場合、店主には自覚があるんです。自分の作る料理がまずいと。それを認めたくないから、外(ほか)なる要因のせいにしようとするんですよ」

酒家に限らず、商いをする者はみな同じ過ちをしがちだ。そして欠点がわかっているのにそれを変えようとしない。だから水鏡の父が営む老水堂(ろうすいどう)は、いつまでたっても借金を返し終わらない。

「まどろっこしい。なにが言いたいんだ」

水鏡が稼業に思いを馳(は)せていると、黄宮調がいよいよ怒り始めた。

「張才人も同じということです。あるべき場所にかんざしがないなら、それはただの紛失です。その責任は管理者、すなわち張才人にあるでしょう。されどかんざしは董貴妃から賜ったもの。自分がなくしたなど、口が裂けても言えません」

「なんだと。だから張才人は、盗まれたことにしたというのか」

ますますいらだつ黄宮調に、水鏡はしたりとうなずく。

「かんざしの紛失が発覚したのは、つい先ほどのことでした。私だったら、今日は夜まで必死に探しますよ。自己の責任にせよ、盗難にせよ、紛失した事実が董貴妃に知られれば誹りは免れません」

実際かんざしの紛失を聞いた董貴妃は、虫けらを見る目を張才人に向けた。あの場で崑銅に刑の執行を命じてもおかしくはない。

「なるほどね。張才人は、かんざしがないとわかってすぐに盗難を主張した。すでにあちこち探し回って見つからなかったから、苦肉の策で演じたってわけね」

狸才人も合点がいったと、首を縦に振る。

「だから張才人は、『盗まれた』ことにこだわっているんです。自分の失態が白日のもとに晒されなければ、かんざしは出てこなくてもいいんですよ」

「では楊明の行方不明に飛びついたのは、これ幸いと濡れ衣を着せるためか」

黄宮調が、ぎりと奥歯を嚙みしめた。この件は不正というより不誠実だが、律令の番人は同じものとして捉えたらしい。

「すごいわね、水鏡。ちょっと話を聞いただけで、ここまでわかるなんて」

「商人ですので」

商談では常に相手の顔色をうかがい、言葉の端々に気を配る。そうしなければふっかけられるか、虎の子を騙し取られるのが常だ。さんざん辛酸をなめさせられてきたので、理にかなわぬ行動には敏くなる。

「ならば張才人のかんざしは、まだ後宮内のどこかにあるということか」

黄宮調の目に希望が宿った。

「かんざしの紛失が発覚したのは、おそらくここ数日でしょう。張才人がなくしたことを自覚できる状態だったはずです」

「私もたまにやるわ。身につけて外出して、宮殿に戻ってから頭に手をやって気づくのよ。きっと張才人は、侍女たちにどこへ外出したかを口外しないよう厳命してるわね。そうすると出先を調べるのは骨だけど、そこはなんとかするわ。情報源はたくさんいるから任せて」

狸才人が頼もしく胸をたたいた。

「でも探すのはあなたよ、黄宮調。範囲が特定できたとしても、この街より広い後宮から、かんざし一本を見つけだせるかしら」

見つからないだろう。張才人だって当たりをつけ、すでにあちこち探し回ったはずだ。その上で広大な後宮からかんざしを探り当てるのは、砂浜でごまを一粒つまみ上げるに等しい。どう考えても無謀だ。

ひとまずは怒鳴られるだろうなと、水鏡はあらかじめ下を向いておく。

すると鈍色(にびいろ)の茶に映る黄宮調の顔が、自信たっぷりに笑った。

「狸才人、なめてもらっては困ります。私は宮調。証拠を探すのが仕事です」

水鏡が逆立ちしてもかなわないほど、黄宮調には学がある。そこらの誰よりも、可能と不可能の判別がつく。なのになぜ、無理を承知で挑むのか。

「がんばって。黄宮調がかんざしを見つけだせば、楊明への疑いも晴れるわ。追っ手を差し向ける必要もなくなるし、あなたの首もつながるはずよ」

あろうことか、狸才人も奇跡を信じているらしい。

どうやら世の中には、商人と商人以外の二種類しかいないようだ。後者のふたりは正気の沙汰とは思えないので、気は進まないが自分でやるしかない。

「では、私はこの辺で」

「ちょっと、どこ行くのよ水鏡。あなたも一緒に探してくれないと困るわ」

「もちろん探しますよ、狸才人。『なくなったものは水の底』です」

それは船民なら、誰でも知っている言葉だ。

「そうね。かんざしを川路に落とした可能性もあるわね。じゃあそっちは本職の水鏡に任せて、私と宮調は陸を探しましょう」

茶房宮を退出すると、水鏡は南を目指して舟を漕いだ。


日が暮れるまで水底を浚ったのち、水鏡は司舟司へ帰ってきた。

桟橋に舟を舫っていると、ひとりの宮女が声をかけてくる。

「あなたが水鏡なの。水蓮の妹の」

見ない顔だった。まあ入宮してひと月なので、大半の宮女がそうではある。

それにしても噂が広まるのが早いと、水鏡は感心した。

黄宮調と花舟の話をしたのは柿生宮の外だったので、誰かが立ち聞きしていたのだろう。昼の出来事が夕刻にもう周知とは、後宮は案外狭いとすら思える。

「そうですよ。私が水家の不美人のほうです」

どうせ似てないと言われるんだろうと、つい愚痴のように答えた。

「私、甄蘭よ。いまは皇太后陛下の侍女をしているわ。私も富水の出身で、水蓮とは友だちだったの。幼い頃のあなたにも会っているけど、覚えてないかしら」

甄蘭という名には聞き覚えがあった。しかし目の前の顔は記憶にない。

水鏡と違って社交的で美人な姉には、みなが声をかけてくる。水蓮じゃないほうには誰も興味がない。水鏡だって、そんな人たちのことは覚えていない。

──久しぶりだな、この感覚。

市井ではいつも人知れず拗ねていたが、後宮に入ってからは初めてだ。醜い感情と自覚していたが、姉亡きいまは愛おしい気さえする。

「その様子だと、思い出せないのね。みんな小さかったし、無理もないわ」

「すみません。姉は友人知人が多かったので」

「いいのよ。私の家は、富水から開成に移ったんだけどね。後宮で数年ぶりに水蓮と再会できたの。それなのに……あんなことになって残念だわ」

声を詰まらせている甄蘭に、どうもと軽く頭を下げる。

「ところで、甄宮女。ご用件はなんでしょう」

「ごめんなさい、泣いたりして。あなたにお悔やみを言いたかっただけなの。でもこれも縁だと思うし、困ったことがあったらなんでも言ってね。それじゃ」

別れの言葉を返すと、甄蘭は自ら舟を漕いで去っていった。司舟司所属の水夫でなくとも、船民であれば舟はたやすく漕げる。

夕闇に消える舟を見送りながら、水鏡はぼんやり考えた。

たぶん甄蘭は、姉の周りにいたよき隣人のひとりだろう。

頼ることはないにしても、せめて送ってあげればよかったといまさら思う。

「本当に、商売以外に気が回らない」

ぽつりとつぶやき、少し自分を嫌悪した。

隣に姉がいた頃は、誰にも見向きされなかった。商談以外の人づきあいもなかったので、普通の人とうまく接することができない。狸才人や孔娘のように好意を向けてくれる人たちにも、どこか負い目を感じてしまう。

「私なんかに関わっても、楽しいことなんてないのに」

「まったくね。できれば関わりたくないわ」

振り返ると、声の主は朝に小言を頂戴した先輩だった。

「どうも、崔宮女。独りごとに返答とは悪趣味ですね」

「あらそう。でもうんざり顔に朗報よ。ようやく司舟司の宮女部屋を整理したの。あなたひとりくらいなら、十分に寝られる場所ができたわ」

宮女たちは、ひとつの部屋で複数人が寝る。新人は「場所がない」と物置きに追いやられるのが常だが、それは建前で実際はひとりふたりの余裕があった。要は新人宮女をいびり、下僕として飼い慣らすための方便にすぎない。

水鏡は崔鈴にたてついた罰で、物置き暮らしの延長を言い渡されている。それを急に戻ってこいと甘やかすなど、水面を見ずとも魂胆はわかった。

「そうですか。ならば崔宮女の、足の下敷きになる人も減りますね」

「この匹婦！　あなたのために言ってあげたのに！」

それは違う。そろそろ美宦官の蔡統がやってくる頃あいだ。崔鈴は水鏡に恩を売ることで、散歩の供を代われと言いたいのだろう。

できることなら代わってほしいが、夜の水鏡は秦野殿に参上せねばならない。集団生活に戻ったなら、夜半の不在を問い詰められる。

「お心遣いに感謝します。ですが私は、足の下で寝るのは不得手なので」

人との接し方に悩みはあるが、崔鈴とだけはこれでいいような気がした。

水面の月が白くなる頃、はたして蔡統がやってきた。

「やあ、小鏡」

画のように白皙（はくせき）な顔立ち。女よりもつるりとした肌。蔡統が笑みを浮かべると、わずかに開いていた司舟司の扉から、色づいた宮女たちの声が聞こえる。

「今宵もひとつ、散歩の水先案内を頼みますよ」

嫉妬の視線に背中をちくちく刺されながら、水鏡は居心地悪く舟を漕ぎだした。

やがて司舟司が見えなくなると、蔡統がこちらを見つめて言う。

「私に話すべきことはありませんか、小鏡」

「別に、なにもありませんよ」

素っ気なく返した瞬間、舟がぐらりと揺れた。

舟央に座っていた蔡統が、ほんの刹那で水鏡のいる艫へきている。

「ないわけない、ですよね」

水鏡の髪に手を差し入れ、蔡統は妖しく微笑んだ。

「蔡統さま。私にまで迫らないでほしいのですが」

嫌なことは間違いないが、突き飛ばすこともできない。蔡統に見入られると、体が痺（しび）れたように動かなくなってしまう。

「胡麻団子」

「えっ」

「髪についてますよ」

水鏡の髪から手を抜くと、蔡統はぱくりと指をくわえた。

昼間に酒家のたとえでいじり回していたので、髪にごま粒がついたのだろう。

蔡統は目を閉じて、「おいしいですね」と笑っている。

おぞましくもあり、恥ずかしくもあり、最終的に水鏡はこう聞いた。

「ひょっとして、怒ってますか蔡統さま」

「怒ってませんよ。ただ、董貴妃とやりあったのはまずいですね」

表情こそにこやかだが、蔡統のこめかみがひくりと脈打った。

「私は無関係です。仕掛けたのは狸才人と黄宮調ですよ」

「わかってませんね。このままここで、もう一度教育してあげましょうか」

月の光が、微笑む蔡統を照らしている。

妖しく美しい男の顔が、ゆっくりと近づいてくる。

「すいませんでした。以後気をつけます」

どうにか謝罪の言葉をしぼりだすと、蔡統は肩をすくめて笑った。

「冗談ですよ。口づけされると思いましたか」

「嚙む準備はしていました」

「それはいい」

声高に笑う蔡統を見て、崔鈴はこんな軽薄宦官のどこがいいのかと思う。しかしながら蔡統にも、董貴妃に似た人心を手なずけるような力を感じた。それが性の魅力かは不明だが、抵抗の意思は全力でなかったように感じる。

——あまり、顔を見ないようにしよう。

水面に目を向けると、乏しい表情の自分が大きく揺れていた。かたやの蔡統は薄笑いを浮かべているが、波が立つようなこともない。

「小鏡。本当に気をつけてくださいよ。死んだら元も子もありませんから」

「わかっていますが、一介の宮女では流れに抗えません」

「その言い訳、殿下が認めてくれますかねえ」

それもまた気が重いので、水鏡は心なしゆっくりと舟を漕いだ。

しかし水は留まってくれず、思ったよりも早く秦野殿へと到着する。

「それでは小鏡。よい夜を」

蔡統に背を向け舟を下り、水鏡は秦野殿の門を通った。

月夜の庭をこわごわ歩き、宦官の案内に従って殿下の寝室に参上する。

「開成王殿下に、ご挨拶を」

平伏し、顔を上げる許可を待った。

しかしなかなか言葉がかからない。

ちらと上目で見てみると、開成王文青はあきれ顔で額に手を当てていた。

「鏡、やってくれたな」

四　文青、水鏡を抱く

──逃げろ！　止まったら殺される！

蒼国は永山州、商いが極めて盛んな水の都──富水。

路地を歩く人々を突き飛ばしながら、少年が必死の形相で走っている。

「待て、小僧！」

少年の背後に迫る、ぼろをまとった数人の男たち。手にはそれぞれ、血糊のついた斧や刀を握っている。

ひと目で賊とわかる男たちとは違い、少年の身なりはよかった。

濃い藍色の袍。なめした革の沓。髪をまとめた真っ白な葛布。血色のいい顔立ちにも、育ちのよさをうかがわせる気品がある。

しかしその口元からは血が流れ、髪もほつれて額にかかっていた。

少年の名は王文青。齢は十二。

亡くなった文青の母は、皇帝の妃のひとりだった。

つまるところこの少年は、帝位を継ぐべき皇子になる。

しかし文青には、兄も姉も大勢いた。ゆえに政とは離されて、後宮の中で自由に育てられている。今日も母を亡くしたばかりの文青の気を晴らそうと、官吏だった叔父が街への公務に同行させたのだった。

文青にとっては、ほとんど初めてに近い市井。目にする物のすべてが新鮮で、叔父の袖を引きあれはなんだ、それは食い物かと尋ねて歩く。

そういう意味で、文青はいたずらに目立っていたかもしれない。

しかし都たる富水は、治安の悪い街ではなかった。蒼の貿易の中心地であり、朝廷の膝元ゆえに目も行き届いている。民も夜眠る際には戸締まりすらしない。

なのに文青たちは襲われた。いきなり路地裏へと引きずりこまれ、抵抗の意思を持つ前に顔をしたたかに殴られた。

生まれて初めての痛みに、文青は呆然となる。

されるがままで、刀を持った男に建物の壁へと押しつけられる。

「小青（しょうせい）、逃げろ！」

叔父の声がしたほうを向いた瞬間、賊の手斧が振り下ろされた。

幼き文青を抱いてくれた胸から、深紅の鮮血が迸（ほとばし）る。

叔父の供たちも次々と凶刃に倒れ、残すは腕の立つ若者がひとりだ。

まるで状況が理解できず、文青は立ちすくむ。

矢継ぎ早の惨劇から逃避するように、脳は在（あ）りし日の母を思い浮かべた。

周淑妃（しゅうしゅくひ）と呼ばれていた母は、子から見ても美しい人だった。文青を溺愛し、ことあるごとに抱きしめて、一緒に歌って遊んでくれる、甘く優しい母だった。

――ここで死ねば、再び母に見（まみ）えるだろうか。

賊の手にある刃を見つめるうち、絶望が願望に変わっていく。

しかし同時に、宮中で耳にした噂も頭をかすめた。

『周淑妃は肺病で亡くなったのではなく、毒を盛られたそうよ』

宮女たちがそう囁（ささや）くのを、文青は衝立の陰でなんども聴いている。

帝の寵を独占するため、妃嬪たちはときにその手を罪で汚す。まして皇帝――文青の父によって皇太子が封ぜられていないいま、「我が子を後継者に。そして自らは皇太后に」と、目論（もくろ）む輩（やから）がいるのは当然だ。

虎視眈々（こしたんたん）と帝の母の座を狙う者には、ほかの皇子と妃妾はみな障害になる。

――母がそのような理由で殺されたなら、いまの自分も同じではないか。

そうであるなら、平穏な都に賊が現れたのも偶然ではない。

いま文青の目の前には、刃を手にした暗い瞳の男がいる。文青の胸元に刀を突きつけ、加勢すべきかと仲間の様子をうかがっている。

そして叔父の付き人は、たったいま最後の若者が血だまりに伏した。

賊の男はもう待つ必要がない。躊躇なく文青を殺しにくるだろう。

――今すぐ走れ！

文青は身を低くして駆けだした。

この期に及んで生きようと思えたのは、王家の血ゆえか仇討（あだう）ちの念か。

そんなことには思い及ばず、文青はただがむしゃらに走る。

「逃がすか！」

賊が腕を伸ばしたが、刀の切っ先は腰帯をかすめるに留まった。策も算段もなかったが、瞬発の行動が幸いしている。

「くそっ、追え！　捕まえなくていい。とにかく殺せ！」

賊の胴間声（どうまごえ）が響いた。足を止めたら命はない。

文青は通りの民にぶつかりながら、露店の売り物をぶちまけて、こけつ転びつ脱兎のごとく、富水の街を逃げ回った。

しかしむべなるかな、どこへ行っても道が断たれる。

永山州は狛江と黒川、蒼が誇る二大河川の流れる土地だ。水王朝と呼ばれる宮城はもちろん、富水の街にも縦横無尽に水路が入り組んでいる。

この地に暮らす人々は、徒歩より舟を足にした。ゆえに川路と呼ばれる水の通りに飛びこまない限り、文青はいずれ追い詰められるだろう。

「彼方も行き止まり――我が天命は尽きたか」

行く先に袋小路が見え、文青は石橋の上で天を仰いだ。

するとどこからともなく、鈴の音のような声が聞こえてくる。

「坊っちゃん、下の石段へ」

橋の上から川路をのぞくと、濁った水に一艘の小舟が浮いていた。漕ぎ手は文青と同年程度の童女で、こちらを見上げて道を示している。

文青は藁にもすがる思いで、川路脇の石段を駆け下りた。

「私を助けてくれるのか」

肩で息をしながら、舟を近づける童女に問う。

「よござんす。わたしはなんでも商う老水堂の水鏡。お手をどうぞ」

商人口調の童女の手を取り、文青は舟に乗りこんだ。

水鏡と名乗った童女が、竹棹を操って舟を動かす。顔立ちこそあどけないが、その手つきは後宮の水夫たちと変わらないように見えた。

しかし櫂で漕ぐのとは違い、川底を押すだけの竹棹は遅い。

――こんな速度で、逃げ切れるのか。

文青が危ぶんでいると、童女は石橋の下で舟を止めた。

「娘、なぜ止める。追いつかれるぞ」

「まずは追っ手の目を逃れるため、坊っちゃんはこの服に着替えてくださいな。それからわたしめは、なんでも商う老水堂の水鏡です」

水鏡が舟荷の筵をめくり、みすぼらしい服と笠を放ってよこす。

「ここで着替えろというのか。その、老水堂の水鏡」

初めての経験にまごついていると、水鏡がぬっと顔を近づけてきた。

「なるほど。自分で着替えたことがないほど、身分の高い坊っちゃんでしたか。よござんす。手伝いましょう」

合点がいったという顔で、水鏡が袍に手を忍ばせてくる。

「かっ、構うな。自分でやる」

文青はどたばたと後ずさった。同年に対する照れもあったが、それ以上に得体の知れない相手に触れられるのが怖い。皇子なのだから坊っちゃんで当たり前だ。慣れない作業に苦労しつつ、どうにか汚れた服に袖を通す。すると真上に見える石橋から、男の怒号が聞こえてきた。

「なにやってる！　童(わっぱ)一匹見つけられねえのか！」

賊は間近でうろついているらしい。文青は恐ろしさに身を縮こまらせたが、水鏡は涼しい顔で舟を漕ぎだす。

皇子を殺そうと息巻く賊の下を、舟はのんびりと進んだ。

気が気でない文青をよそに、水鏡はじいっと賊を見上げている。

「あの男たち、ぼろを着てますが沓はきれいですね。つまりは偽の賊です。となれば狙いは金子ではなく、坊っちゃんのお命のようで」

市井の童女の洞察に、文青はおおいに驚く。しかしいま気になるのは、水鏡があからさまに賊を凝視していることだ。

「おい、老水堂の水鏡。見つかったらどうするんだ。下を向け。おまえだって、捕まればただじゃいられないぞ」

「平気ですよ。人間の目は左右についてはよく見ますが、上や下にはなかなか動かないものです。それより坊っちゃん。もしや相当な家柄のお方で」

水鏡の眼力にいよいよ舌を巻く。されど子どもに子ども扱いされることに、いいかげんむっときた。

「我が名は王文青。齢は十二だ。老水堂の水鏡だって同じような歳だろう。坊っちゃんはやめてくれ」

「おや。帝と同じ姓ですが、まさか皇族の坊っちゃまで」

文青は迷った。水鏡は恩人だが、すべてを曝けだすわけにもいかない。

「違う。たまたま同じ姓なだけだ。親戚でもない。坊っちゃまでもない」

「たまげましたね。まさか坊っちゃんが皇子さまだったとは」

「違うと言っているだろう！」

文青がむきになって叫ぶと、水鏡はにやりと笑って目を細めた。

「狛江と黒川。ふたつの大河が交わる富水の水には、鏡のようにすべてが映るんですよ。秘めておきたい心の中までも。さておき――」

文青の嘘を見抜いた水鏡は、笑みを浮かべながら小声でつぶやく。

「――これは、たっぷりしぼれそう」

「老水堂の水鏡。いまなにか言ったか」

「いえいえ。それよりも皇子さま、これからいかがなさいますか」

このまま富水に残れば、やがては父の手の者が探しにくるだろう。身の安全を図るなら、どこかに隠れて彼らを待つのが上策だ。

さりとて文青は思う。叔父が殺されたのは、ある意味では自分のせいだ。もうこれ以上、自分が皇子であることで大切な人を失いたくない。子どもだからと守られてばかりでは、また同じ悲しみがくり返される。

「なるべく早く城に戻りたい。水鏡、手を貸してくれるか」

つい先刻も、文青は考えるより先に行動して我が身を救った。待っていても自ら赴いても、城に戻って父たる帝に報告するのは同じだろう。しかしこれからは、すべてを自分の意思で行うべきだと思う。

――私は誰かに守られるよりも、守る人間になりたい。

今後の人生の指針を、文青はこの瞬間に決定した。

そんな思いはつゆ知らずか、水鏡はあっけらかんと答える。

「よござんす。ではまず老水堂へ寄りましょう」

「恩に着る。だが、なぜ店へ寄るんだ」

「舟を大きなものに替えようかと」

気のせいか、水鏡の口元が笑ったように見えた。

「なるほどな。大きい舟は速い。名案だ」

「櫂は使いますが、大きくたって舟の速度は変わりませんよ。それに目立ってしまうので、流れを選んで迂回する形になります。お城へ着くのは三日後ですね」

そんなことも知らないのかと、水鏡の眼差しが言っていた。

「それは困る。なら舟はこのままでいい」

「だめですよ」

「なぜだ」

今度は気のせいではなく、水鏡は満面の笑みを浮かべた。

「この小さな舟のままでは、賜った褒美の重みで沈んでしまいますから」

こうして蒼の皇子がひとり文青と、商人の娘である水鏡は出会った。

その後のふたりは三日をかけて、宮城まで狛江の流れを遡っている。同年ということもあり、互いを「鏡」、「文青」と諱（いみな）で呼ぶほどに親しんだ。

しかし身分違いの少年少女は、本来交わることのない運命。

ゆえに水鏡が文青を城へ送り届けてから、ふたりはずっと会っていなかった。

しかしそれから六年がたち、思いも寄らぬ運命が男女を引きあわせる。


「鏡、やってくれたな」

痛む頭を押さえながら、文青は目の前にかしずく宮女に言った。

六年前の童女のようには笑わないが、老水堂の水鏡は相変わらずだ。

「ああ、やっぱり殿下も怒ってますね」

けろりと言ってのける水鏡を見て、文青はいよいよ熱が出始める。

「当たり前だろう。よりにもよって、董貴妃と対立するなど」

「ですから、対立したのは私ではなく狸才人で」

「もうよい。得意の話術で煙に巻かれるのはごめんだ」

文青はうなだれて首を振った。

「どうせ遅かれ早かれ、鏡は目をつけられる。それは覚悟していた。されど相手が悪すぎる。どれだけ切れ者でも、董貴妃の相手は一筋縄ではいかない」

「私は無名のままですよ。董貴妃とも言葉を交わしてませんし」

「まだ、だろう。どうせやりあうことになる」

水鏡は澄ましていたが、瞳の奥に不服が見てとれた。

「それで、董貴妃との対決には勝てるのか。かんざしは見つかるのか」

「すでに張才人が探しずみですし、難しいでしょう」

「なるほど。ほかに策があるのだな」

「一応は。その件で、お願いがあります」

なんだと言いかけて、水鏡が打ち震えていることに気づく。

「鏡、どうした」

「すみません、開成王殿下。私も怖いのです」

意外、とは言えなかった。水鏡は文青と違い、市井で育った一般人だ。肝が据わって見えるだけで、中身は十八の娘でしかない。

華々しい後宮にいるだけでも気後れするだろうに、断頭妃と呼ばれる相手に立ち向かうなどどれほど恐ろしいか。

「鏡、つれないぞ。昔のように文青と呼んでくれ」

文青は座した水鏡に近づいた。

肩に手を添え、間近で顔を見る。

少女の頃よりも、やはりいくらか女らしくなった。

しかしあの頃に意思の強さが出ていた眉が、いまは弱々しく下がっている。細く冷たい商人の目つきも、潤んでかすかに揺れていた。

「文青、お願い」

「ああ。わかっている」

文青は両腕を伸ばし、包みこむように水鏡を抱いた。

五　黄宮調、走る

「私は焦ってなどいない」

わざわざ自分に言い聞かせるほど、黄宮調は焦っていた。

董貴妃からは三日の猶予を与えられたが、今日がとうとう最後の日だ。あと半日もしないうちに、柿生宮に集合しなければならない。

狸才人は宮女たちへ聞きこんで、張才人の外出先を特定してくれた。

黄宮調はそれこそ蟻を探すように、地面を這いずり探し回った。

一日がすぎ、二日がすぎた。しかしかんざしの行方は杳として知れない。その痕跡はおろか、手がかりすらもまるでない。

地味な証拠探しに飽きた狸才人は、二日目から顔を見せなくなった。

水夫の水鏡にいたっては、三日間一度も会っていない。

「私は、水夫の口車に乗せられたのか」

そもそも張才人が、かんざしをなくしたという証拠はない。あの娘は見立てを捏造して策を吹きこみ、徒労の末に処される自分を笑うつもりではないか。

そんな考えが頭をかすめる。

水鏡が自分を恨む理由は、わからないでもない。

姉である水蓮の死亡事件を、朝廷が事故と断定したからだ。

——あれは、事故ではない。

黄宮調もそう思っている。しかし証拠がない以上どうしようもなかった。

「早まらないで、黄宮調！」

ふいに背後から腕が伸びてきて、両肩を羽交い締めにされた。

どうにか首だけ振り返ると、背中で狸才人が歯を食いしばっている。

「なにごとですか、狸才人。証拠探しは飽きたはずでは」

「そうだけど、飛んできたわよ。かんざしを探していたはずのあなたが、喜多見塔に登っているんだから」

目下の黄宮調は、後宮でもっとも高い物見塔の最上段にいた。

どうやら狸才人は、かんざしが見つからないことを苦にした黄宮調が、塔から身を投げると早とちりしたらしい。

「私は証拠を探すために、この塔に登ったのです。視野を広げて鳥瞰しようと」

「でも、物はかんざしよ。高いところから見える大きさじゃないでしょう」

もちろんそうだ。しかし血迷ったわけではない。

「調べに行き詰まると、私は塔に登るのです。気分転換のようなものですよ」

とはいえ、これ以上に探すべき場所も思いつかなかった。

気は晴れるどころか沈んでいくばかりで、空を飛び回る美美を見ながら私も黄鳥になりたいと思ってしまう。

「ねえ黄宮調。あなたはどうして、命を懸けてまで楊明を守ろうとするの」

狸才人が横に並び、肩の領巾を風になびかせた。

「どうしてと言われると、うまく説明できません」

「でしょうね。逃亡を手伝うなんて、あなたが忌み嫌う不正そのものだし」

「それは違います」

きっぱりと断じる。

「楊明は望んで入宮したわけではありません。若い娘が親の都合で慕う相手と引き離され、愚かでろくでもない主人に仕えさせられる。この不幸な人生は、楊明にとって正しいものでしょうか。私は不正と感じます」

父はよく言っていた。

『律令は守らねばならないが、人を守らない律令など意味がない』

弱き民を守るため、強き者ばかりを守る律令を変えたい。

それが父の生き様だったが、律令は不正の温床でもある。誰かがそれを変えようとすれば、強き者たちは結束して阻む。そうして父は世を去った。

「つまりあなたは、後宮そのものが不正な存在だと思っているのね」

狸才人が悲しげに微笑んだ。

「そこまでは。帝の血筋を絶やさぬためには、理にかなった仕組みです」

だがそこに蔓延する不正は、すべて父の、正義の、敵だと思っている。

「ならよかったわ。私は好きよ。この後宮も、矛盾を抱えるあなたも」

狸才人が目を細めて後宮を見渡した。

黄宮調もそれに倣い、眼下に広がる景色を眺める。

縦横無尽に走る水の路を、行き交う小さな舟と船。

それはまるで世界の縮図で、見ていると視野が広がったような気になった。

「いつ見ても、美しい宮城です。存在の意義はありますよ」

「本当に、不思議なお城よね。地方の民はみんな思っているわ。なんで安洛帝は、こんな水の上に城を建てたのかって」

狸才人は知っているはずだ。それでも不思議と口にしてしまうのだろう。ならば無粋を承知で語るも一興だ。

「理由は三点。まずはこの地に龍脈があるからです。易の結果ですが、事実この国は六代に渡り、安定して各所を治めています」

土地が持つ気の力が、数々の災厄から天子と民を守ってくれる。

始祖たる安洛帝は卜占を信じ、富水の北に城を築いた。すると誰もが懸念した水害はほとんどなく、蒼はいまなお繁栄している。

「ふたつ目も似た理由ね。もともと水軍中心で大陸を制覇した蒼は、水の上なら誰にも負けない。それどころか、ほとんど攻めこまれもしないわ」

狸才人が言う通りだ。

外圧にしろ内圧にしろ、水の戦いは守るほうが有利になる。大陸の南には沿岸が広がっており、海を背にした城は言わば自然の要塞だ。

水の上で生まれる船民を筆頭に、蒼の水軍を構成する兵はひとりひとりがみな優秀な水夫でもある。これほど鍛えられた水軍は世界のどこにもない。

「水が揺れているからこそ、蒼の地盤は揺るぎません。されど宮城がこの地にある最大の理由は、間違いなく塩でしょう」

永山は塩の精製技術が高い。外国産に比べて質がよく、競争力のある商品として外海貿易の中心になっている。

ゆえに安洛帝は、製塩事業を国有化した。

国家専売の利益は大きく、民から税を取るよりも角が立たない。港と交易の場である互市が朝廷の膝元ゆえ、経済の統制も治安の維持も容易に行える。安全な市場はますます貿易を栄えさせ、富水を中心に蒼は日増しに豊かになった。

「水と舟と塩。それが蒼を支える背骨なのよね」

その恩恵を再確認するように、狸才人は後宮を見下ろしてうなずいた。

眼下に見えるこの後宮は、まさに蒼そのものだと黄宮調も思う。

二大河川の水は帝を守り、選りすぐりの妃嬪は精製した塩のごとく。

大陸を疾走する馬の代わりには、川路を行き交う――。

「舟！」

その発見に、黄宮調は叫んだ。

「なによ黄宮調。急に大声だして」

「舟です。輿船です」

「輿船がどうしたの」

「私は地面ばかり見ていた。水夫は水面ばかり見ている。されど我らは、ふたつをつなぐ舟を見ていない」

九嬪(きゅうひん)以下の妃妾には、専用の輿船が与えられていない。狸才人は水鏡の小舟で満足らしいが、見栄(みえ)張(は)りの張才人は都度(つど)水夫と輿船を呼びつけているはずだ。

「ちょっと、どこ行くの黄宮調！」

「司舟司です。張才人が乗った可能性のある輿船を、すべて調べます」

喜多見塔の階段を駆け下りながら、黄宮調は上気して答える。

舟という水夫の領分において、水鏡を出し抜いたような気持ちだった。

六　水鏡、箱を献上する

かんざし探しの期限が終わり、人が居並ぶ柿生宮。

水鏡が横目で見ると、黄宮調の顔には意外や自信がみなぎっていた。

「まさか、見つけたのですか」

隣の狸才人に小声で問うと、にやりと意味深に笑う。

信じられないが、どうもそういうことらしい。

「首尾を報告せよ、黄美鶴」

董貴妃が命じると、黄宮調が胸を張った。

「申し上げます。董貴妃が張才人にお与えになった金のかんざし。それは失踪した宮女、楊明が盗んだのではありません。証拠があります」

「ほう、見せよ」

「これに。張才人が乗ったと思しき輿船の、底板に埋もれていました」

黄宮調がかんざしを奉ると、室内が大きくどよめいた。

やがてさざ波のように、ひそひそと声がする。張才人の顔色を見る限り、どうやらかんざしは本物らしい。

水鏡もさすがに驚き、黄宮調の様子を見る。目があった。

「ふん。恐れ入ったか水夫め」

とでも言いたいような、尊大な笑みを返される。

なぜ董貴妃ではなく、味方である自分に勝ち誇るのか釈然としない。

「たしかに、これは妾が張才人に授けた物だな」

董貴妃はかんざしを一瞥しただけで、すぐに興味を失った。というより、不機嫌の度あいが一段増したように見える。

「張才人。貴様は単なる失せ物を、宮女が盗んだと言い張ったようだな」

空気すら凍りそうな冷たい目で、董貴妃が張才人を見据えた。

「ちっ、違います。これは本当に盗まれたのです。何者かがかんざしを盗み、船底に捨てたか落とすかしたのです」

張才人が苦しい言い訳をまくし立てると、黄宮調が追い詰める。

「三日前に盗まれたにしては、かんざしはずいぶん汚れているようだ。私の見立てでは、少なくとも十日分の埃をかぶっている」

「それは、金は埃を吸いつけやすいから……」

「もうよい」

弁明に終始する張才人を、とうとう董貴妃が見限った。

「張才人。妾を謀ることの意味を知らぬでもあるまい。貴様の行いは悪質だ。よって棒打ち三十回の刑に処す。黙した侍女も連座せよ」

柿生宮に悲鳴が反響し、侍女たちがすすり泣きを始める。

棒打ちは、服を脱がせて背中を鉄杖で思い切り打擲する刑罰だ。

ひとつ打つだけで皮膚が裂け、ふたつ打てば血が噴きだし、みっつも打てば肉の欠片が弾け飛ぶ。

骨が折れても、意識が失せても、規定の数をこなすまでは終わらない。

しかして三十も打てば人は死ぬ。首を刎ねよと言われなかっただけで、張才人は死ぬ以上に苦しい極刑を言い渡されたにすぎない。

「董貴妃さま、どうかお許しを！」

張才人が泣いて命乞いすると、侍女たちも続いた。

主人が物をなくしただけで、連座して侍女たちの命が消える。

理不尽極まりない話だが、それがまかり通るのが後宮だ。

そこで生きんとするならば、後宮の主たる董貴妃に逆らうべきではない。

なのに水鏡の隣にいる人物は、またも平然と反抗した。

「恐れながら申し上げます」

声を上げたのが狸才人とわかると、董貴妃の目に気だるさが宿った。

「なんですか、李才人」

「張才人の侍女たちは、主人に言われて口をつぐんでいただけです。どうか寛大な御心でお慈悲を」

「なりませぬ。誤った主人を諫めるのも侍女の務め」

「それも諫める価値のある主人であればこそ。そこで張才人には、棒打ちよりも相応の刑がございます。董貴妃、お耳を」

狸才人が近づいて耳打ちすると、董貴妃は途端に破顔した。気だるさが嘘のように消え、まるで少女のように狸才人とくすくす笑いあっている。

「ああ、面白い。たしかに体面を繕う者には、まことに似つかわしい刑です。よいでしょう。それで手を打ちます。張才人、李才人に感謝せよ」

狸才人がなにを言ったのか知らないが、董貴妃はたいそう機嫌がいい。あの断頭妃を手玉に取るなど、狸才人はまさに仙狸だ。

一方で張才人は、よよと床に倒れこんでいた。自分が棒打ちよりも憂き目に遭うと想像し、恐怖に耐えきれなかったのだろう。

「さて。黄美鶴、此度は苦労であった」

董貴妃がねぎらうと、さすがの黄宮調も安堵の表情を見せた。

「疑いが晴れてなによりです。これで亡き楊明も浮かばれましょう」

「それは違うな」

安堵から一転、黄宮調の顔が凍りつく。

「宮女の脱走は重罪だ。貴様の仕事は吟味であろう。遺書を置いて消えたら死亡と判断するなど、やはり早計。ただちに楊明の実家へ人を差し向けよ」

黄宮調は反論しない、というよりできないだろう。

完膚なきまでの正論に、狸才人すら声を上げられないでいる。

「黄美鶴、返事のしかたを忘れたか。ならば教えてやろう。『御意』だ」

菫貴妃の上機嫌はすでに消散していた。花舟の――水蓮の事件で黄宮調に嗅ぎ回られたことを、いまだ根に持っているのかもしれない。

ならばと文青から説教される覚悟を決め、水鏡は一歩前に出た。

「恐れながら申し上げます」

「なんだ婢女(はしため)」

菫貴妃が蓼虫でも見るように、顔に不快を浮かべる。

「司舟司が宮女、水鏡です。遺書を置いて消えたと思しき楊明ですが、やはり死んでおりました」

「死体が上がったというのか」

「いいえ。季節柄、身投げの死体はまだ浮かび上がる時期ではございません。私が川路を浚ってかんざしを探していたところ、偶然こちらを発見しました」

菫貴妃の前にひざまずき、鞠（まり）が収まる程度の木箱を献上する。

「これはなんだ」

「楊明にございます」

あちこちから悲鳴が響き、ひとりの宮女が泡を吹いて卒倒した。

「私は川路と海の境目で、この亡骸を見つけました。ですが折悪く、冬が終わったばかりです。この時期は海の魚も河の魚も飢えているため、肉はきれいに貪（むさぼ）られていました。しかしご覧いただければ、楊明と判断していただけると存じます」

水鏡が申し終えたところで、誰かが近づいてきた。

「慎みなさい水夫！　菫貴妃に亡骸を見よと申すのですか！」

恐ろしいほどの剣幕で、狸才人が水鏡の頬を打つ。

「申し訳ございません」

驚きつつも、とっさに低頭して謝罪した。

「水夫が礼節をわきまえず、申し訳ありませんでした。箱の中身は、菫貴妃がご覧になるには及びませんわ。これは私が――」

狸才人が水鏡の持つ小箱を取り上げ、瞬時に青くなった。

「──と思いましたが、やっぱり張才人とふたりで中身を確認します」

「なんで私が」

張才人がいっそう身を震撼させる。しかし狸才人は構わず近寄った。

「あなたには義務があるでしょ。ほら、開けるわよ。開けるんだから」

勇ましい口調とは裏腹に、狸才人は半ば箱を遠ざけるような手つきだ。

それでもこわごわ蓋を開け、そっと中をのぞき見る。

「ひっ！」

ふたりの才人が、同時に悲鳴を上げて抱きあった。

箱がすとんと床に落ち、中から髑髏が転がり出る。

場には董貴妃の侍女を含めて十人からの宮女がいたが、それぞれが鉄を鋸で引くような、厨房の皿をすべて割ったような、まさに阿鼻叫喚の悲鳴を上げた。

董貴妃もさすがに色を失っていたが、それでも後宮の主として口を開く。

「李才人、それは楊明なのですか」

「たっ、たしかに楊明の頭骨です。右の前歯が欠けているのがなによりの証拠。張才人、あなたもよく見て。あれは楊明でしょう」

張才人はがたがたと震えながら、詫びるように幾度もうなずいた。

七　水鏡、黄宮調を知る

深皿の中に茶を注ぎ、杯と箸を茶で洗う。

洗杯を終えて見渡せば、円卓には溢れんばかりの点心が並んでいた。

――春巻き。いや今日こそ大根餅か。

狸才人の茶房宮こと左宝宮での飲茶に招かれ、水鏡は今日も葛藤している。

「ああ、白茶のうまい季節だ。今日はお招きいただき感謝します」

優雅に茶を含み、黄宮調が安らいだ表情で息をついた。

水鏡は考える。芽吹いたばかりで低発酵の茶葉は、甘くすっきりした飲み口だ。ならば大根餅よりも、春巻きのほうが食べあわせがよいだろう。

「こちらこそ。内官嫌いの黄宮調がきてくれてうれしいわ」

狸才人もお茶を飲み、ちくりとだけ招待客をつついた。

「ひどいな。別に妃妾が嫌いなわけではありませんよ」

かんざし探しで仲を深めたのか、ふたりの雰囲気はずいぶん和やかだ。

しかし水鏡の意識は、そんなところに及ばない。

――春巻きが、春巻きとは限らない。

包子に餡を包まない土地があるように、春巻きも地方によって中身が異なる。豚肉、椎茸、韮などを炒めて醤油で味つけしたものが一般的だが、北では小豆の餡を包むという。鹹いと思って食べた点心が甜かったときの衝撃は、親が娘に食べさせるために悪事を働くごとしだ。おいしいが、望んでいない。

――でも、春巻きの本質は餡じゃない。

そう、皮だ。

ぱりっとした食感。口の中でさくさくと鳴る音。地方では卵を用いてふんわり揚げる場合もあるが、水鏡は硬い皮を好む。汁気の多い餡にまみれてもふやけず、ばりばりとかじれるものがいい。

とはいえ、皮は硬ければいいというものでもない。

幼い頃、水鏡は春巻きを食べて泣いたことがある。

「それにしても、昨日は驚いたわ。まさか本当に髑髏が入っているなんて。私はてっきり、水鏡が空っぽの箱を用意したと思っていたの。いつもの口八丁で董貴妃を脅しておいて、さも中に楊明の骨があるように演じるつもりだって」

「だとしたら、水夫は甘いですね。望みはせずとも、董貴妃は自身で確認したでしょう。そうしなければ、遺書をもって死と断じる私を咎められません」

「ええ。だから私は、とっさに水鏡の頰を打ったの。そうやって私だけで空っぽの箱を見て、楊明の骨が入っていると演じるつもりだったわ。でもね、水鏡から箱を受け取った瞬間、ぞっとするような手応えがあったの」

「それで急遽、張才人を利用したわけですか。素晴らしい機転でした」

「まあかなり本気でひっぱたいたから、水鏡は痛かったでしょうね」

「あれは痛かったな……」

春巻きは、さくさく、ぱりぱり、していてほしい。

ところがあの日の春巻きは、がちんと歯が鳴るほどの硬さだった。予期せぬ歯ごたえが悲しすぎ、幼い水鏡はほろほろと泣いてしまった。

「ごめんなさい……って、騙されないわよ。水鏡、あなたいま春巻きのことを考えていたでしょう。硬い春巻きだったら嫌だなって」

狸才人ににらまれて、水鏡は我に返る。

「いえ、そんなことはありません。たしかに平手は痛かったですが、狸才人の判断は賢明だったかと」

本当にそう思っている。骨を見るよう迫るなど、無礼であるのは間違いない。たとえあの場を乗り切ったとしても、董貴妃から余計な恨みを買ったことだろう。最終的には貴妃も髑髏を目の当たりにしたが、みなで見るのとひとりは違う。

「でもあの骨、まさか本当に楊明じゃないわよね。右の前歯は折れていたけど」

白い髑髏を思いだしたのか、狸才人がぶるりと身を震わせた。

「三日前に身投げしたって、白骨にはなりませんよ」

水鏡が言った『飢えた魚うんぬん』は、もちろん口からでまかせだ。

「じゃあ、あれは誰の髑髏だったの」

「以前に黄宮調から、こういった宮女の死は多いと聞きました。行方不明者の大半が身投げで、みな実家に戻っていないと」

「ああ。たしかに言った」

黄宮調が苦い顔でうなずく。

「身投げをすれば人は沈みますが、やがて体に腐気が溜まって浮いてきます。腐気が抜けたらまた沈み、水底で魚の餌になります。なので見当をつけて汽水域を探してみたところ、黄宮調がおっしゃった通りありました。あまたの人の亡骸が」

『なくなったものは水の底』

船民なら誰でも知っているこの言葉は、失せ物も亡骸も、行き着く場所は水の底ということを表している。川と海の境目である汽水域は、もっとも生態系の豊かな場所だ。流れ着いた遺体はきれいに骨にされ、小魚たちの住み処となる。

水鏡は見つかる可能性の低いかんざし探しは早々にあきらめ、別の手段で董貴妃を納得させようと考えた。その結果の頭骨探しだ。

「じゃあ適当な骨をひとつ拾って、前歯を折って箱に入れたのね。幽鬼の祟りを恐れないなんて、さすが欲に生きる商人だわ」

「偏見ですよ。人の亡骸なんて怖いに決まっているじゃないですか。いよいよとなったら前歯を欠けさせることも覚悟していましたが、それでも最初から欠けている骸を一生懸命探したんです。鬼は怖いので」

人は死ぬと、みな鬼になる。鬼とは人の形をした霊魂だ。中には人懐こい鬼もいるというが、水鏡は昔からこの手の話が怖い。

ゆえにこの三日間、水鏡は半泣きで水底を浚っていた。亡骸を引き上げては、狸才人たちと同様に「ひぃ」と悲鳴を上げている。

だから先日の秦野殿で、水鏡は文青に打ち明けた。

『――私も怖いのです』と。

するとなにを誤解したのか、文青は抱きしめてきた。さすがの水鏡も予想外の行動に戸惑ったが、どうにかこうにか言い放つ。

『あの、文青。こういうことではなく、魔除けの札を貸してほしいんだけど』

初日で都合のいい頭骨が見つからなかったので、場合によっては骸を傷つけなければならない。そんなことをしたら間違いなく鬼に呪われる。

なにか対策をと考えたとき、文青の寝所にあった魔除けの札を思いだした。ばつが悪そうな文青が貸してくれた札のおかげか、目下のところは鬼を見ていない。

「水鏡にも怖いものがあるのねえ。子どもみたいでかわいいわ」

狸才人がくすくすと笑った。

「人は古来より、闇と未知を恐れる生き物。鬼を怖がるのは至極真っ当です」

「むきになるな水夫。話を戻すが、水底にはそれだけ多くの亡骸があるのだな」

黄宮調が深刻な顔で尋ねてきた。

「はい。むきになってはいませんが、早急に彼女たちを弔（とむら）ってください」

でなければ、魔除けの札を返すと同時に鬼が現れるかもしれない。

「ああ、明日からでも取りかかろう。それにしても」

黄宮調が疲れまじりに、大きく息を吐いた。

「陛下が帝位に就いた際には、宮中で鳳凰を見かけたという者が相次いだ。しかし実際は吉兆どころか、凶兆のほうが多い」

鳳凰は鶏の頭と龍の頸(くび)、燕(つばめ)の翼と孔雀(くじゃく)の尾を持つ霊鳥だ。縁起のよい瑞鳥とされていて、刺繍や扇絵にも描かれる。もちろん伝説上の生き物であるので、目撃証言は眉唾だ。しかし報告が相次いだのなら、みながなにかを見ているのだろう。

——たとえば、あれとか。

いつも黄宮調の肩に留まっている、珍しい色の鳥をじっと見る。

「わかっている。今回の件では、悔しいが貴様に救われた。感謝する」

水鏡の視線を誤解したのか、黄宮調が真摯に頭を下げた。

「お礼なんて言われても。私は飲茶に釣られただけです。黄宮調のためではなく、すべてはこの点心のため」

言ってぱくりと、目の前の春巻きを食べる。

「ああ、実に美味です。皮は適度に硬質で、噛んだ瞬間のぱりっという音がたまりません。この香ばしさは二度以上揚げているのでしょう。それでいて、油はほどよく切れています。皮が折り重なった部分までぱりっとしているなんて、さすが李家の点心師は違いますね」

「すごいな、水夫。揚げた回数までわかるのか」

「そんなことより、中身ですよ黄宮調」

水鏡は再び春巻きをかじる。

「ほら、見てください。この筍の細切り具合。肉に負けない存在感で、それでいて椎茸や韮の風味を殺さぬ大きさです。しかもこの汁気たるや。皮をふやけさせないぎりぎりの量ですよ。そこに加わる牡蠣油の風味。椎茸のうまみを吸った濃厚な肉。それらがぱりぱりの皮と渾然一体となって、私の口の中で、ああ……」

恍惚の表情を浮かべる水鏡を見て、「また始まった」と狸才人があきれる。

「そうか。そこまで気に入られると、作ったかいがあるな」

なんの気なしの黄宮調の言葉に、水鏡の箸が止まる。

「この点心は、黄宮調が作ったのですか」

「いや。私が作ったのは春巻きだけだ」

「このおいしい春巻きを、黄宮調が」

「ああ。母から教わった、亡き父が唯一ほめてくれた料理だ。水夫は食を愛すると聞いて、久しぶりに厨房に立った。私から礼を言われても、貴様はうれしくないだろうからな。二度は作らないから、味わって食うがいい」

黄宮調が鼻を鳴らしてそっぽを向いた。

水鏡は水鏡で、自らの絶賛を顧みて顔を背ける。

「どうしたの、ふたりとも。顔が赤いわよ」

「陽気のせいです」

水鏡と黄宮調、共に声がそろってしまった。

「ときに狸才人。張才人への罰は風変わりでしたね」

ごまかすように話題を変える。

「とっさに思い浮かんだのよね。『歯には歯を』って。どこかで聞いたのかしら」

狸才人は董貴妃に、張才人の歯を欠けさせるよう進言したのだ。

皇帝の妃妾にとって、もっとも重要なのは容姿になる。悲しいことだが、歯が欠けた世婦は魅力的とは言えない。張才人は今後の伽に期待が持てず、ほかの妃妾たちからは蔑まれるだろう。

「張才人こそ我が身を儚み、川路に身を投げるかもしれないな。手間が増えてはかなわぬから、思い留まるよう釘を刺しておこう」

黄宮調は堅物だが、心根は誰よりも優しい人だと知った。今回の件は初めから終わりまで、随所に黄宮調の思いやりが感じられる。

「まあ思いつきのわりには、いい案だったでしょ。楊明と同じ目に遭えば、張才人も自分の行いを省みるでしょうしね」

菫貴妃はその案を、単に滑稽なりと採用した。しかし狸才人は誰も殺さず、なおかつ本人や周囲への影響も考えている。本当に後宮の主にふさわしいのはどちらか。

「今日も食べたわね。水鏡も満足したかしら」

白茶を飲み、もちろんですとうなずいた。

じゃあお開きねと狸才人が言ったところで、黄宮調が口を開く。

「水夫、貴様にひとつ言っておく」

いい気になるなよ――たぶんそんなことを言われるのだろう。

「貴様の姉、水蓮のことだ」

「ああ、そっちですか」

予測とは違ったが、それでも言いたいことは同じはずだ。

「わかっていますよ。姉は事故なんでしょう」

軽く返したが、黄宮調は肯定しない。

「本来なら、口が裂けても言うべきではない。なにしろ証拠がないからな。春巻きと同じで、今回だけだと思え」

やはりこれは乗るべき船だったと、水鏡は姿勢を正した。

「水蓮は妬まれていた。主上の閨に招かれたという噂が原因だ」

「なにしろ宮女だものね。先を越された妃嬪たちは殺気立っていたわ」

狸才人が補足する。

「証拠はないが動機はある、ということですか」

水鏡が問うと、黄宮調は厳かにうなずいた。

「だが、はっきり言っておく。私は貴様のやり方が大嫌いだ。証拠もないのに疑いだけで陳宝林を脅迫したり、楊明の骸を捏造したりがな」

黄宮調がにらんできたので、ついと目をそらす。

「とはいえ、かんざしの件だけは違う。水夫。貴様は動機から証拠を見つけられると言ったな。今回の私は、それを身をもって知った。だから、話してやる」

水鏡はそらした視線を戻し、まっすぐに黄宮調を見据えた。

「貴様の姉、水蓮殺しには、それぞれ違った動機で容疑者が四名いる」

花舟（壱）

一　水鏡、花舟を知る

まだ朝靄のかかる刻だったそうだ。

後宮の川路を、一艘の小舟が流れていた。

橋の上を通りすがった宮女がそれを見つけたが、遠くの舟には櫂持つ水夫の姿がない。誰かが陸揚げを忘れ、舟は無人で流れてきたのだと思った。

しかし舟が徐々に近づいてくると、底板に人が横たわっているのに気づく。

宮女は息を呑んだ。

仰向けで舟に寝ている人物は、自分と同じ女官服を着ている。

しかしその姿があまりに神々しい。目を閉じた顔立ちが美しいだけではなく、体の周囲に見るも鮮やかな凌霄花が敷き詰められていたからだ。

この世のものとは思えぬ奇麗な光景に放心してしまい、宮女は流れる小舟をしばし見送ったという。

「それが、花舟を最初に見た者の話だ」

黄宮調が語り終え、白茶で喉を潤した。

水鏡は目を閉じて、その光景を思い浮かべる。

董貴妃との対決を終えた後の、茶房宮で開かれた飲茶鼎談。その終わり際に、黄宮調は花舟事件について語り始めた。

「まずは貴様の姉、水蓮が死んでいた際の状況だ。読め」

水鏡の顔を一瞥し、黄宮調が円卓に報告書の写しを置く。

「けっこうな量じゃない。かいつまんで説明してよ」

狸才人に催促され、黄宮調がうなずいた。

水鏡も耳を傾けながら、報告書を目で追う。

早朝、後宮南部、喜多見塔付近の川路において、一艘の小舟が流れているのを司舟司から出勤途中の宮女が発見。

遠方からは無人と思われた舟だが、舟央に人が倒れていた。橙色の花に埋もれていた人物は、その時点で死亡している。死亡者は司舟司所属の宮女、水蓮と判明。

水蓮は昨晩宮女に請われ、水夫として散歩の水先案内を行った。

水蓮の寝所は物置きであったため、散歩後に戻ってきたかは定かでない。

水蓮の櫂は遺体の脇にあり、敷き詰められた凌霄花の下に埋まっていた。

水蓮の遺体に外傷はなかった。侍医による診断は心臓麻痺。

同日に官署方面の川路（水蓮発見時の上流に相当）において、魚の死体が多数水面に浮上していた。

以上のことから、水中でなんらかの毒素が発生し（有毒成分を含む岩が割れたなど）、水蓮はその毒気を吸入したことによる中毒死と断定。

当該毒素による被害者は、現在までのところ水蓮のみ。ゆえに毒素の発生は収まったと見られる。

水蓮を覆っていた橙色の花は凌霄花。宮中の高所に咲く花だが、量を考えると自然に散って堆積した物ではない。第一発見者以前に水蓮を見つけた者が、不憫に思って手向けたと考えられる。凌霄花は登戸宮の庭園から手折られたものと推定。


「発見時の報告はこんなところだ。おそらくは夜、水蓮は舟を漕いでいた。そこで毒が発生した。魚も多数死んでいたから、毒素は水中で発生したと考えられる。舟上にいた水蓮には特に強く効いた。水蓮はその場で昏倒。舟はそのまま流れる。途中で誰かが発見し、石橋の上から花を手向けた。そう落着した」

黄宮調は説明を終えると、ちらと水鏡の顔を見た。

「外傷がない心臓麻痺なら、病死や孔娘のような蜂毒の可能性もありますね」

「そうね。可能性だけなら、溺死や毒を服んでの自死も」

水鏡に続き、狸才人も疑問を口にする。

「病や蜂毒、そして溺死や服毒しての自死なら、水中の魚に影響はない。だから鉱物毒の発生と結論づけるしかなかった。発生場所は特定できなかったがな」

魚と水蓮の死亡原因が同じであるなら、黄宮調の推論は筋が通っている。

「ですが鉱物毒の発生なら、被害者がひとりしかいないのは不自然ですね。発生した毒素は、風に乗って拡散するはずです」

「たしかにそうよね。遺体の発見場所から比較的近い左宝宮でも、体の不調を訴える侍女はいなかったわ。もちろん私も」

狸才人も水鏡に同意する。

「だが、実際に被害者はいなかったのだ。魚の死も一部でしか発生していない。水蓮の死と関係があると見るしかなかった」

となると川底から噴出したという毒素は、水蓮と魚を襲って瞬時に雲散霧消したことになる。あり得ないとは言わないが、都合がよすぎる解釈だ。

ゆえに黄宮調も違和感を覚え、徹底的に調べたのだろう。それでもほかの被害者は見つからず、死んでいたのは魚と水蓮だけということのようだ。

「ねえ、凌霄花じゃないかしら。凌霄花って、触れると失明するって言われてるわよね。だったら毒があるはずよ。いえ、ちょっと待って。それだと、花を手向けた人間が水蓮を殺したことになるじゃない！」

狸才人が興奮に目を輝かせた。

「凌霄花に毒はありません。失明するというのも迷信です。報告書にある通り、凌霄花は馬采女(まさいじょ)の庭園で咲いていた物でした。おそらくはそれを盗んだ誰かが、善意で手向けたのでしょう。あれは人の気を引く庭園です」

その人物が判明していないということは、名乗り出ていないのだろう。疑わしくはあるが、まだ先入観を持つべきではない。

「黄宮調。凌霄花が盗まれたのはいつですか」

「夜半という話だ。馬采女が夜に起き、花が手折られていることを確認している。しかし気にせず眠ったそうだ。聞いたときは妙だと思ったが、いま思えば陳宝林(ちんほうりん)の嫌がらせと決めつけたのだろうな」

「あら、それっておかしくない」

狸才人が首を傾げる。

「水蓮が死んだ時間はまだわかってないけど、花だけは朝に手向けられたと思っていたわ。だって夜では、舟の中の死体なんて見えないでしょう」

夜に川路を流れる小舟を見ても、横たわる水蓮には気づけないだろう。舟だけが流れているのを見たら、大半の人間は舫い綱がはずれたと思うだけだ。

「私も最後まで、凌霄花の違和感が拭えませんでした。されど少なくとも、自然死と断定できる状況は整ったのです」

黄宮調の馬鹿がつくほど熱心な仕事ぶりは、水鏡もよく知っている。間違いなく吟味に全力をつくしたはずだ。街より広い後宮からかんざし一本を見つける人なのだから、花舟事件に物としての証拠はないのかもしれない。

「不自然だけれど証拠がないとなると、動機から探るしかないですね。姉はたいそう妬まれていたそうなので」

水鏡が言うと、黄宮調が苦しげにうなずいた。

「気乗りはしないが、そうするしかなかった。最初に言った通り、動機の面から考えられる容疑者は四人。まずは董貴妃だ」

黄宮調が別の紙片を円卓に置く。

刑部に提出したものではなく、個人で所有しているものらしい。

董貴妃は白賢妃（はくけんひ）の美貌を妬んでいた。入宮の日から病に臥せっている白賢妃は、董貴妃に毒を盛られたという噂がある。

白賢妃と水蓮は似ていたらしい。水蓮は主上の閨（ねや）に呼ばれたと噂が立った。

董貴妃が嫉妬しないわけがない。

報告書に比べると、かなり簡素な文章だ。しかしこれを残すだけでも、黄宮調の身を危うくするだろう。

水鏡は感謝しつつ、新たな事実に着目する。

「姉が白賢妃と似ていたというのは初耳です」

ともに美女として名高いが、顔が似ているとは知らなかった。

「あくまで噂だ。白賢妃の尊顔を拝見した者はほぼいない。なにしろ北方からやってきたその日に、倒れられたというからな」

残念ながら、噂ばかりで確たる事実はなにもない。しかしそれとて、水鏡には得がたい情報だ。

「この動機はいかにもって感じだけど、私は違うと思うわ」

狸才人が異を唱える。

「董貴妃が白賢妃に毒を盛ったかは知らないけれど、水蓮相手にはそんなまどろっこしいことしないはずよ。だって後宮の主なんだから」

かんざしを紛失した張才人のときがそうだった。董貴妃は平然と、侍女も連座せよと棒打ち刑を言い渡している。

一介の宮女にすぎない水蓮を憎く思うなら、断頭妃はいくらでも理由をでっちあげて罰を与えることが可能だ。

毒というつながりがあるだけで、白賢妃と水蓮では立場が違いすぎる。

しかしふたりの顔が似ているという点は、留意しておくべきだろう。

「次の容疑者は、皇太后陛下だ」

親しい人物が出てきたことで、狸才人がひくりと眉を動かした。

しかし黄宮調は気づいておらず、自身の手による覚え書きを読み上げる。

皇太后は、妃嬪をひとり廃したいと思っていたようだ。理由は主上に子がないためと思われる。陛下は子ができにくい体質である可能性。

皇帝に世継ぎができないと判断された場合、皇太后は老臣たちに母子もろとも後宮から追い出される可能性がある。

ゆえに皇太后は現在の妃嬪をひとり廃し、すでに妊娠している娘を入宮させる策を練っていたらしい。そのために、白賢妃に毒を盛った可能性がある。

なぜ白賢妃が選ばれたかと言えば、美しすぎたからだろう。いつの時代も国が傾くのは、君主が美女に入れあげたときだ。

しかし白賢妃は臥せっているだけで、死んではいない。

そんな折、皇太后はあちこちで白賢妃の幽鬼を見たという。

もちろんそれは鬼ではなく、白賢妃に似ている水蓮だ。

皇太后は目障りだと、水蓮の暗殺を命じたのではないか。

「あくまで噂から組み立てた陳腐な筋書きだ。子どもの戯れ言と大差ない」

黄宮調は謙遜したが、これもまた危険な文書だ。しっかり記憶せねばと、水鏡は記述された内容をくり返し読む。

「この噂は私も初耳だわ。内官も宮官も、政治には疎いからね。でも鬼の話は聞いたことがあるわよ。皇族が宮女を殺す理由って、実際その程度だしね」

だからこそ、そういう噂が立つとも言える。

「私は皇太后陛下とは親しいけど、まだどっちとも判断できないわ。虫も殺さないような慈母に見えて、昔からいろいろ言われてはいたし」

狸才人の率直な感想に、黄宮調もうなずいた。

「次の容疑者は、いっそう政に関わる。宰相を始めとした帝の家臣たちだ」

白賢妃は、長く蒼と敵対していた北方異民族の公主だ。

講和という名目で入宮してきたが、白賢妃の真の目的は後宮内の混乱だと噂する者がいる。白賢妃は内紛を誘発し、蒼を内から滅ぼそうとしていると。

この情報を得た宰相たちが、白賢妃を暗殺すべく毒を盛った可能性。

しかし殺害には至らず、白賢妃は病と称して蟄居している。

白賢妃は宮女を使わせ、自らに似た容貌を持つ水蓮と接触したらしい。水蓮を自らの死後の後釜、あるいは存命中の影武者にするという筋もある。

宰相たちは先んじて、水蓮を亡き者にしたのではないか。

鬼の話から転じて、陰謀論めいた規模の話だ。

「これと似たような噂は多い。老臣たちの間には、現在空位の皇后に白賢妃を推す声もあった。逆に異民族は後顧の憂いになると、廃位を要請する家臣もいた。政治がからんでくると、情報を集めるのも困難になるだろう」

後宮に住まう者たちは、皇帝の許可がなければ外出できない。外とは前宮、すなわち政の場も含まれる。もちろん黄宮調は例外だが、男の世界で女人が情報を集めるのはたやすくないだろう。

「これはちょっとお手上げね。世界が違いすぎるわ」

狸才人も早々に匙を投げた。水鏡も同じ思いだが、ひとつ気になることがある。

「黄宮調。白賢妃が姉に使いを出したというのは事実ですか」

「いや、これも裏は取れていない。だが真実であった場合、水蓮に散歩の水先案内を頼んだ宮女が白賢妃の使いだったと考えられる」

嫉妬、鬼、影武者。どれも茫洋とした話だが、すべてに共通して白賢妃がいる。

水鏡の脳裏に、ふっと愚にもつかない考えが浮かんだ。

白賢妃はすでに死んでいて、姉がその身代わりをしているのではないか。

ほとんど誰も姿を見ていないのだから、入れ替わることはできる。

つまり花舟に乗って流れてきたのは、姉ではなく白賢妃のほうだ。

——そうであったら、よかったのに。

花舟の死体が白賢妃であることはありえない。なぜなら水鏡自身が、老水堂(ろうすいどう)に運ばれてきた姉の遺体を確認している。なぜこんなことを考えてしまったのか。

——私はまだ、あの真っ暗の中に光を探している。

水鏡は頭を振り、自分に言い聞かせる。闇に希望の光はない。また真っ暗に囚われるわけにはいかない。姉の真実を知るためにも、自分が生き続けるためにも。

「なんていうか、全体的に話の規模が大きすぎて見当もつかないわね。容疑者はもうひとり残ってるみたいだけど、その前に身近なところを考えたいわ」

「狸才人。身近と言いますと」

黄宮調が聞き返した。

「そうね。たとえば水蓮自身に問題はなかったのか、とか」

「もちろん調べました。水蓮は個人的な揉(も)めごとは起こしていません」

「でもそれって、黄宮調の吟味よね。ここにはもっと、水蓮をよく知る人がいるじゃない。ねえ、水鏡。あなたのお姉さんはどんな人だったの」

「優しく、美人で、誰からも愛される人でしたよ」

「なにそれ。そんなの私でも言えるわ」

狸才人はつまらなそうな顔をした。しかしほかに言いようがないほど、姉はこの通りの人だ。姉の周りは味方ばかりで、誰かと対立することなどありえない。

ただそれは、あくまで水鏡が知っている水蓮だ。

「『優しく、美人で、誰からも愛される』――か。そこからわかるのは、どこぞの水夫とは随分違うということだな」

黄宮調は事実を述べただけで、からかっている様子はない。

「言われ慣れてますよ。ともかく姉は恨まれる人ではないです。私と違って」

水鏡が自虐的に答えると、狸才人が悲しそうに笑った。

「少し、水鏡のことがわかった気がするわ」

「狸才人。いま私を憐れみましたね」

「愛おしくなっただけよ」

ほんの一瞬、狸才人の微笑みに姉が重なった。

商才も、操船の技術も、水蓮よりも水鏡が勝っていた。しかしそれをほめてくれたのも、当の姉と父だけだった。

姉はこんな風に微笑んで、いつも水鏡を慈しんでくれた。

「それはそうと、お姉さんとは仲がよかったのかしら」

「よかったと答えても、差し支えはないです」

「持って回るわね」

姉は水鏡を愛してくれた。溺愛だったと言っていい。

いつも比べられて卑屈になりはするが、水鏡もまた水蓮が好きだった。

そういう意味では、ふたりは仲のよい姉妹だったと言える。しかし姉が自分の理解者だったように、自分も姉の理解者だとは言えない。

「私はたぶん、姉のことをなにも知らないんです」

あのとき姉がした選択を、水鏡はいまもまったく理解できない。

「本来後宮に入るのは、姉ではなく私のはずでした」

二　文青、旅を想う

水鏡が入宮する前の冬、文青は秦野殿にて公務に勤しんでいた。

文机に向かい、民の嘆願に目を通す。

税の軽減、流通の改善、官僚の不正に対する告発。

そういった訴え以上に多いのが、治水に関するものだ。

文青が治める開成（かいせい）の地も、富水（ふすい）と同じく狛江（びゃっこう）、黒川（こくせん）の二大河川が流れている。水に築いた街においては、耕作地への灌漑（かんがい）、川路の整備、橋の建造、衛生のための浚渫（しゅんせつ）と、陸よりはるかに手がかかった。

兄の文緑（ぶんりょく）が帝位を継ぐ前から、文青は開成の王に封ぜられている。とはいえ皇太弟であるゆえに、寝所はいまも後宮内の秦野殿にあった。

しかし治水の指揮を執り行うには、現地の開成に赴かねばならない。最低でも数十日は、宮城を離れなければならないだろう。それが目下の悩みの種だ。

——兄上を放って、遠乗りして大丈夫だろうか。

今上帝は年上だが、見た目の幼さもあって少々頼りない。などと不敬は口にできないものの、ここは陰謀渦巻く後宮だ。不安は常につきまとう。

現状、蘭夫帝（らんぷてい）の血を受け継ぐ王姓（おうせい）は四人残っていた。

長男の文黒（ぶんこく）、次男の文赤（ぶんしゃく）、三男の今上帝文緑と、四男の文青。すべてが異腹であるが、次兄の文赤には同腹の文桃（ぶんとう）という姉もいる。

そも第三皇子が帝位を継いだ時点で、朝廷に問題が起こらないわけがない。

まず長男の文黒は、先帝が床に臥せった時点で廃太子されている。ずっと保持していた皇帝として指名される権利を、直前で失ったということだ。

さすれば次男の文赤が皇位に就くべきだが、文桃文赤姉弟の母はすでに後宮から退いていた。後ろ盾がなければ、権力争いでは後塵を拝する。

結果、帝位は三番目の文緑に滑り落ちてきた。

だがそうなるように仕向けたのは、皇帝文緑の母である甄冷稜、すなわちいまの皇太后だと文青は疑っている。

蘭夫帝の貴妃だった甄冷稜は、あるとき正室たる皇后になった。

王家の長兄文黒の母、すなわち当時の皇后が自死したためだ。

その時点で文桃文赤姉弟の母は不敬を理由に冷宮に送られ、末弟文青の母も後に病に倒れて息を引き取っている。

文緑以外の兄はみな、後ろ盾たる母を失った。

しかしいまとなっては、その不自然さを誰も指摘しない。おっとりして質素に振る舞う皇太后が、障りを除くために恐ろしい手段を用いたと思えないからだ。

だが文青は、いまだ確信に近い疑いを抱いている。

とはいえ、兄から帝位を奪おうなどと考えてはいない。

文緑は頼りなくとも善人で、皇太后の陰謀とは関係ないはずだ。弟として、家臣として、文青は全力で皇帝陛下を支えていこうと誓っている。

しかしほかの兄たちは違う。

太子を廃され母を自死に追いこまれた文黒は、皇太后を骨の髄まで憎んでいる。

次兄の文赤は放縦だが、藤公主こと長姉文桃も皇太后への敵意を隠さない。

そして皇太后自身も、そうやすやすと息子の帝位を奪わせないだろう。

こんな火種がくすぶる後宮に、兄をひとりにしておきたくない。しかし開成の治水にもまた、民の命がかかっている。おかげで文青は毎日悩ましい。

「殿下、ご報告を」

文机で眉間をもんでいると、側近がやってきてかしずいた。

「蔡統か。頼むから、これ以上は問題を増やさないでくれよ」

弱々しくぼやくと、幼少期から共に育った宦官はにやりと笑った。

「残念ですが、増えそうですね。例の鉱物毒の件です」

「黄宮調が調べている、花舟の遺体か」

「ええ。一応は落着したようですが、黄宮調は独自に吟味を続けているようです」

舟に横たわり、花で埋められ、川路を軽やかに流れてきた美しき屍。

それが鉱物毒の発生による自然な事故など、不自然にもほどがある。

「さもありなんだな。黄宮調も、黒幕の目論見に勘づいているのだろう」

ここでいう『黒幕』は、特定の一味を示していない。後宮に渦巻く陰謀の、背後にいる人物すべてのことだ。

そのうちの誰かが、先だって皇帝陛下の妃嬪に牙を剝いている。

北方の国から側室として入宮してきた白賢妃は、嫁いだその日に病に倒れた。何者かに毒を盛られたと見るべきだろう。

「白賢妃が臥せってから、まだ幾日もたっておらん。蔡統、花舟の件をもう少し調べてくれ。皇太后とつながるかもしれん」

単純に考えれば、皇太后が皇帝陛下の妃嬪を殺める意味はない。

だが気づかぬ理由もあるだろう。文青の母も毒殺だった疑いが強い。少しでも関連があるなら、安易に見すごすべきではない。

「恐れながら殿下。私が調べるのは、いささか難しいかと」

「なぜだ。おまえ以上に諜報の能がある者はいまい」

「能力の問題ではなく、私も開成に随行しますので」

そうだったと、文青は痛む頭を押さえた。

蔡統は有能な家臣であると同時に、幼年から共に育った友でもある。公私さまざまな相談をできる相手は、常にかたわらにいてほしい。

「目が欲しいな。私がこの地を離れている間に、後宮に光らせておく目が。危機を未然に防げる頭もあればなおいい。蔡統、心当たりはないか」

「私と同等となると、まあいないでしょうね」

蔡統は優秀だ。特に情報収集力に長け、皇太后の動向から朝議の議題、はては宮女のほくろの数まで知っている。どう調べているのか文青には見当もつかない。

「考えられる人材は黄宮調だが、彼女は性格に難があるな」

宮調は刑部の下部組織だが、後宮内では独立した職掌になる。職務に忠実な黄宮調は、皇族とはなるべく距離を取りたがった。不正を憎む思いは同じでも、互いに手を組むことは難しい。

「殿下。開成へ発つのも間近です。悩みすぎても体に毒。同じ毒なら」

いつの間に用意したのか、蔡統の手には酒の瓶があった。

「そうだな。少し頭を休めよう」

冬もそろそろ終わる夜だ。あたたかいとは言えないが、底冷えをするというほどでもない。おかげで酒杯も進み、ほろ酔いの口が回りだす。

「私は気が沈むと、十二のときの短い旅を思い返す。正味三日の川上りだ。水鏡との道行きは、本当に傑作だったたな」

文青の戯言を、蔡統がはいはいと聞き流した。

「殿下はどれだけ水鏡が好きなんですか。その話、もう百回目ですよ」

「そんなには言ってないだろう」

「お忘れですか。殿下の幼少のみぎりより、私は長年お仕えしています。昼夜を問わず横にいて、厠につき添い、添い寝して。その間に、どれだけ水鏡の名を聞かされてきたことか。千や二千じゃありませんよ」

蔡統もなかなかに酔っているようだ。

「ああ、おいたわしい。現状で皇帝陛下に次ぐ立場のお方が、ことあるごとに十二の童女を恋しがるなんて」

「懸想ではない。私は楽しんでいるのだ。水鏡は愉快な商人だからな」

「私はぜんぜん愉快じゃないんですが」

「そう言うな。じゃあとびきり面白い話をしよう。あれは言ったかな。水鏡との短い旅で、最初に迎えた夜のことだ」

賊に追われて富水の街を逃げ惑っていた文青は、ひとりの童女と出会った。

老水堂の水鏡と名乗る商人の娘に導かれ、文青は舟で宮城へと戻る。

速度はゆるりとしていたが、ふたりは着実に狛江を遡っていた。

やがて誰彼どきになり、そろそろ休もうと船小屋を見つけて忍びこむ。

小屋にあった筵をかぶると、文青は土の床へ直に体を横たえた。

格子窓から入る月明かりが、埃をきらきらと輝かせている。

水の音や虫の声も、ほとんど耳元に感じられた。

文青にはなにもかも初めての体験で、興奮してなかなか寝つけない。

一方の水鏡は、小屋の隅で膝を抱えて目を閉じていた。

「横にならないのか、老水堂の水鏡」

声をかけると、水鏡が目を閉じたまま答える。

「私はいつも、この姿勢で寝ます」

「まことか」

「まことです」

世の中には、まだまだ文青の知らないことが多い。

「王文青さまは、お休みにならないのですか」

「情けないが、寝つけないんだ」

「共寝をご所望でしたら、わたしは一応生娘ですよ。お安くしておきます」

文青は激しく咳きこみ、そして声を上げて笑った。

「十二の童がだぞ。私は『商人の娘はどこまでがめついのか』と大笑いだ」

あの夜を思いだすと、いまでも痛快な気持ちになる。

「殿下。水鏡は、金をせびろうとしたわけではありませんよ」

蔡統はなぜかあきれていて、首の辺りをぼりぼり搔いた。

「いいや、あれは商人根性に決まっている。賊から逃げる際にも、水鏡はまず私をぼろに着替えさせた。あれは変装のためではなく、助け賃を取りはぐれぬようにと服を差し押さえたんだぞ」

そのときの会話を思い返し、くつくつと笑う。

水鏡はそういう童女だった。膝を抱えて眠るのも嘘で、あれは大地に吸われる熱を少なくするための工夫らしい。旅の二日目に文青だけが鼻風邪をひくと、くすくす笑いながら白状してくれた。

「違います。水鏡は寝つけぬ殿下を気遣ったのです。殿下は楽しそうに話していますが、当時のあなたは母を失い、叔父を殺され、自身も賊から逃げる身です。しかもまだ十二ですよ。怖くて震えて眠れないのだと、誰だって思います」

蔡統が、やれやれと大げさに肩をすくめた。

「私が水鏡でも、同じことを言いますね。筵を殿下に譲ったら、十二の童女に差しだせる物はほかにありません。大人の話を聞きかじっただけで共寝の意味もわかっていないでしょうが、添い寝くらいはする覚悟だったでしょう」

六年越しに、はっとさせられる。

思えば口が悪いが、水鏡の根は善人だった。食べ物などはけちけちせず、なんでも半分に分けてくれた。褒美をせしめようとはしていたが、それでも三日もかけて文青を宮城まで運んでくれた。

「私が笑ったことで、あの夜の水鏡は怒っただろうか」

「逆でしょうね。聡い娘ですから、心では笑われてほっとしたと思います」

きっとあの三日間の旅で、文青は気づかぬうちに幾度も騙され、救われてもいたのだろう。いまになって、あらためて礼を言いたい気分だ。

「かなわぬことだが、いつか水鏡と再会したいものだな」

「殿下のお立場なら簡単かと。身分が低くとも側室なら可能です」

「そういう意味ではない。友として、恩人として、見えたいと思っただけだ」

逃げることしかできなかったあの頃と違い、いまや文青は一角の王だ。

自分が守る側になろうと剣の腕を磨き、書物に親しんで知も深めた。王の自分があるのはあの旅のおかげだと伝え、水鏡に喜んでもらいたかった。

「毎日のように水鏡の名を口にするくせに、いまさら恥ずかしがるのですか。殿下はやはり初心でいらっしゃる。恋の手ほどきが必要ですね」

「だから、誤解だ蔡統」

「では水鏡は友ですか」

皇族という立場では、真に対等な友人関係は作れない。遊び相手は兄弟ばかりだし、彼らはみな自分より上の立場だ。気心が知れているという意味では、文青にとって友人は共に育った蔡統しかいない。それでも主従の関係は存在する。年齢も蔡統のほうがひとつ上だ。

しかし水鏡は違う。

最初は金づると思われていたが、旅の二日目にはすっかり打ち解けた。同年ゆえに気遣いをしなかったし、されもしなかった。

あのとき初めて、文青は真の友を得たと思っている。蔡統が友だとしたら、水鏡は水魚の交わりと言える相手だろう。

ゆえにあの日から会っていなくとも、繋がりが切れたと感じたことはない。

この先も会わないだろうが、ふたりの間には同じ時間をすごした絆がある。そう思うだけで、文青は心の一部を支えられている気持ちだった。

とはいえ蔡統を相手に、「水鏡は友以上だ」とは言いにくい。

「いや、私が友と呼べるのは、後にも先にもおまえだけだ」

そう答えた結果、またもからみ酒の餌食になる。

「もったいないお言葉。とまれ水鏡が友でないなら、やはり思慕ではないですか。わかりました。ここは殿下のために、私が手配しましょう」

「飲みすぎだ蔡統。それにどのみち、水鏡は宮中に招けない理由がある」

それは幼いふたりが交わした、たったひとつの約束だった。

三　水鏡、姉を偲ぶ

水鏡と水蓮が、まだ富水の城下で共に暮らしていた頃。

仲のよい姉妹はいつも、一緒の舟で商談に出かけていた。

その日も工房での商談で、姉は水鏡の隣に座っている。

「銀弐拾が限度です。手前どもは、ほかにも買いつける品がありますので」

　水鏡はそう言って、工房主人の要求を突っぱねた。

「そりゃ無理だ。支払いに備えて金がいる。なんとかならんかね水蓮さん」

　工房の主人に泣きつかれ、隣で水蓮が困り顔になる。

「それならようござんす。そちらにある青磁の壺も、手前どもで引き受けましょう。あわせて銀参拾。これが限度です」

　水鏡は苦渋の決断をした体で、工房に並んでいた壺に手を差し向けた。

「ひどい買いたたきだよ。水蓮さん、慈悲はないのかい」

　水蓮は眉を下げ、申し訳なさそうに笑っている。

「ああ、水蓮さんにそんな顔されちゃしかたない。わかった。それでいいよ、持っていけ。ただし、次も頼むよ水蓮さん」

　水蓮がにっこり微笑むと、工房の主人はいまにも天に昇りそうだった。

　それではと、水鏡は姉と一緒に工房から離れる。

　今日もまた、姉のおかげで商談がうまくまとまった。

　もちろん買値の交渉したのは水鏡で、姉は隣で笑っていただけにすぎない。けれど商談中、工房の主人は一度として水鏡のほうを見なかった。いつものことだ。たまに水鏡がひとりで商談に向かうと、相手は露骨にがっかりする。

乳飲み子だった昔からそうだ。美人の隣の凡人には誰も目を向けない。だから水鏡は愛想を失い、ますます無視される悪循環が生まれる。

「おばさん、包子ひとつちょうだい」

商談からの帰り道、姉妹はいつも露店で食べ物を買った。

「ああ、水蓮さん。いつもありがとうね。まだ釣り銭を用意してないから、今日はただでいいよ。持っていって」

露店のおばさんは、とびきり大きな包子を油紙に包んでくれた。

姉は男だけでなく、女も老人も魅了する。隣にいると物質的に得も多いが、精神的にはじわじわすり減った。

「じゃあ帰ろうか、鏡（きょう）。みんな、またね」

いつの間にかついてきた子どもたちに、水蓮が笑顔で手を振る。

水鏡はその間に川路へ降りて、姉が乗りやすいよう舟を回した。

「姉さんの魅力は、子どもまで手なずける」

からかうように言って、姉の手を取り舟へ誘（いざな）う。

「子どもって、たぶん姐さんが好きなんだよ。だから鏡も、私と同じ歳になったら子どもに囲まれるんじゃないかな」

「姉さんと私は、一歳しか変わらないけど」

「じゃあ来年だね。楽しみだね」

水蓮は舟の艫を向いて座り、邪気のない顔で笑った。

嫌味のつもりで返しても、雪を担いで井戸を埋めるような手応えしかない。姉はいつもこうして笑っているので、水鏡も水蓮の前だけではよく笑う。

「冷めないうちに、包子を食べようか。はい、鏡」

大きな包子を半分に割り、姉が片方を差しだしてくれた。

「姉さんは、いつも大きいほうをくれる」

「そりゃあ、かわいい妹のためだもの」

「それだけなの」

「ほかにもあるよ。商売だって、操船だって、昔からなにをやっても鏡が上。このくらいさせてくれないと、お姉ちゃんは立つ瀬がないからね」

などと笑うが、いつも人がほめるのは水蓮だ。

気立てが良くて美しく、笑っているだけで人を幸せにする。商売や操船は水鏡が上と言うが、料理や刺繡や歌や踊りと、ほとんどは水蓮のほうが達者だ。同じ船民（イエンミン）のはずなのに、姉は妹よりも肌が白い。

子どもの頃は、不公平だとむくれた時期もあった。しかし姉はひたすらに妹を愛してくれるので、いまでは嫉妬する気も起きない。姉はきっと人間ではなく、仙女なのだと思うようにしている。

「おいしいねえ、鏡」

「うん。冬の川路でかじる包子ほど、おいしい物はない。あのおばさんは吝嗇だから生姜が少ししか入ってないけど、それでも体がぽかぽかになる」

「私、鏡が食べてるところを見るの大好きよ」

姉は臆面もなく言うので、代わりにいつも水鏡が照れた。

「ところで姉さん。輿入れの準備は進めてるの」

ごまかすために言った、というわけでもない。

こうして姉とすごせる時間も、そろそろ終わりが近づいている。

「うん。ゆっくりと、だけどね」

水蓮には祝言の話が持ち上がっていた。昔から引く手あまただったが、交流のある商家の長男に嫁ぐ予定になっている。

先方と縁を太くするのは大事なことだが、水家には跡取り息子がいない。だから本来なら、相手の次男をこちらにもらうのが妥当だろう。

そうでないなら、次女の水鏡が向こうに嫁ぐべきだ。

姉はたぶん、老水堂で商いを続けたい妹のために、身代わりになろうとしているに違いない。妹を溺愛する姉なら、そのくらいのことは平気でする。

「鏡は、私が妹のために輿入れするって疑ってるんでしょう」

「姉さんが珍しく鋭い」

「珍しくは余計よ。それに知ってるでしょう。相手とは幼馴染み。私はあの人と一緒になりたくて嫁ぐのよ」

たしかに姉は先方と仲よくしていたし、向こうの好意も水鏡は知っている。

しかし想い人だったと言われると、どうにも首をひねらざるを得ない。

――私が色恋に縁がないから、そう感じるだけかな。

ずっと一緒に育ってきたのに、水鏡はときどき姉のことがわからなくなる。

中でも理解できなかったのは、朝廷の使いが老水堂の戸をたたいたときだ。

宮女に欠員が出ると、後宮は民から補充を行う。

宮女は随時募集もしているが、水夫の即戦力が必要な場合には船民の娘が招集されることが多い。

朝廷からの御使いは、姉妹のどちらかを入宮させよと命じてきた。

こうした勧誘はよほどのこと、すなわち金子がない限り断れない。

そして商売を生業にする家はみな、賄賂を贈ってなかったことにする。つまり朝廷の御使いは、断られる前提で小遣い稼ぎに訪ねてきたのだ。

しかし老水堂の当主である父は頭を抱えていた。一家三人と使用人が暮らすには十分だが、借金を抱える水家に袖の下を贈る余裕はない。

水鏡は考えた。姉は輿入れを控えている。入宮すべきは自分だろう。しかしそれでは、父の跡を継ぐ者がいなくなってしまう。

――姉も自分も残るためには、使いの弱みを握るしかない。

小遣い稼ぎにくるくらいだから、使いの者は日頃から後ろめたいことのひとつやふたつはしているだろう。蒼ではこういった不正が横行しているし、たたいて埃の出ない役人などいない。

さてどうやって秘密を入手しようかと思慮していると、数日後に姉が言った。

「鏡、入宮の日が決まったわ」

驚くことに、水鏡の知らぬ間に姉は手続きを進めていたらしい。いくら妹に商売を続けさせたいとはいえ、自分の結婚を捨てての入宮は度を超している。

「姉さん、冗談はよして。本気ならもっとやめて」

水鏡は考えをあらためるよう伝えたが、姉は笑って受け流した。

「鏡ったら。今生の別れじゃないのよ。いい主人に恵まれれば、ときどきは暇をもらえるんだからね」

その後は水鏡が必死に引き留めても、姉は悲しい顔すら見せてくれない。姉妹ふたりとも入宮しないですむ方法があると言っても、あははと笑うばかりだ。

とうとう朝廷の御使いがきて、小舟に水蓮を乗せた。

「鏡、体に気をつけてね。鏡は言葉が丸くないから、しゃべりすぎはだめよ。友だちも作ってね。仲よくなるこつは、笑顔と気配りよ」

姉は最後まで妹に優しかった。自分のことなどおくびにも出さない。

老水堂の前から、水蓮を乗せた舟が離岸していく。

「姉さん、どうして。どうして姉さんが宮女になるの！」

水鏡は叫んだ。

「いいのよ。いつかこういう日がくると、私にはわかっていたから」

まるでそれが天命かのように、姉はすべてを受け入れ笑っていた。

「じゃあね、鏡。必ず老水堂を大店にしてね。きっとよ」

それが水鏡の聞いた、姉の最後の言葉だった。

「そうして一年もしないうちに、姉は老水堂に戻ってきました。物言わぬ体で」

水鏡が話を終えると、茶房宮はしんと静まりかえっていた。

やがて狸才人が、大きく息をしてから口を開く。

「本当に、水蓮がなにを考えていたのかわからないわね」

「まったくです。入宮すべき理由がない。妹に商売を続けさせたかったのかもしれないが、当の水夫は入宮しないですむ方法を考えていたというのに」

黄宮調も同意した。

やはり姉の心は誰にも理解できないのだと思うと、心なしほっとする。

「でも、これだけは言えるわ」

狸才人が立ち上がり、水鏡の手を取った。

「水鏡、自分を責めてはだめよ。お姉さんが亡くなったことと、あなたはこれっぽちも関係がない。ないったらない。いいわね」

「その通りだ。貴様なら、自分自身でそれを証明できる。続けるぞ」

黄宮調が新たな紙片を取りだした。

「四人目の容疑者も、董貴妃と同じく嫉妬を抱いている」

四　文青、花舟を見る

うららかな陽射しの中、文青は宮中の石橋を渡っていた。

「今日は空気が澄んでいるのに、水は濁っているな」

眼下の川路を見て、ふと足を止める。

「わずかですが、今朝ほど雨が降ったようです」

散歩の供をしていた蔡統が、水を一瞥して言った。

文青は橋の欄干に肘をつき、どれと川路をのぞきこむ。少し茶色く濁った水は、かつて逃げ回った富水の川路を思い起こさせた。

「なつかしいな。初めて水鏡と出会ったのも、こんな風に橋の上からだった」

あの日から六年が経過している。その間に多くの兄姉が亡き者、あるいは行方不明や追放となった。父たる蘭夫帝が逝去し、兄が帝位を継いだ。母と叔父の仇はいまだ討てずにいるが、童だった自分もどうにか生き延び王となっている。

「前に進んだ気はしないが、周りは変化しているな」

「変化と言えば、殿下は前におっしゃいましたね。水鏡は宮中に招けないと」

「はて、そうだったかな」

文青はそらとぼけた。

「それがいかなる心変わりか、いまでは毎夜のごとくに逢瀬を重ね――」

「人聞きが悪いことを言うな！　私と水鏡は、断じてそんな関係ではない」

「ですが秦野殿で会っているのは事実でしょう。進展はあったんですか」

問われた瞬間、脳裏に水鏡を抱きしめた記憶がよみがえる。とはいえあれは文青の錯誤によるもので、思いだすだけで顔を覆いたくなった。

「いいか、蔡統。状況が変わったから宮中に招いただけで、私は元より水鏡を娶るつもりはない。我らは主従の関係だ。あれは単なる気づかいだ」

「殿下、『あれ』とはなんですか。なにをむきになっているんですか」

「むきになどなっていない！　ともかく少年時代、私たちは約束したのだ」

大河を遡る旅の二日目。

十二という同年であったこともあり、文青と水鏡はずいぶん打ち解けた。互いを名で呼びあうのはもちろん、船上で向きあって朝からしゃべり続けている。

「文青、これあげる」

ゆっくりと舟を漕ぎながら、水鏡が布の袋を放ってきた。

開けてみると、中には棗の砂糖漬けが入っている。

「ありがとう、鏡」

文青は礼を言ってひとくちかじった。やわらかい干し柿のような口触り。味はこってりと甘いが、棗の酸っぱさと混ざりあってほどよくうまい。

「美味だな。これは鏡の売り物か」

「ただのおやつだよ。もしかして、皇族は食べないの」

「棗くらい食うさ。ただ、こんなにうまく感じたことはないな」

ふうんと、水鏡は興味なさそうに水面を見つめ、なぜかにやにやとする。

「文青って、大人になったら皇帝になるんでしょ」

「まずならないだろうな。なにしろ兄上が多い」

皇位の継承という意味では、第一皇子の文黒が立太子するだろう。仮にそうならなくても、上にはまだまだ兄が大勢いる。

「なんだ、つまらない」

「鏡は、私に皇帝になってほしいのか」

「別に。文青は、一番を目指さないんだって思っただけ」

「まあ成人して父から領を賜れば、その地の一番にはなる」

成年は個人にもよるが、文青の場合はおそらく十六だ。蒼には昔のように幼名、字(あざな)といった習慣もないので、王と呼ばれる以外に変化はないだろう。

「領地の王が、文青のやりたいことなの」

「そう言われると、自分でもわからないな。いまはとにかく、母と叔父の無念を晴らすことで頭がいっぱいだ」

答えて遠い宮城をにらむ。しかしすぐさま我に返った。

――この想いは、やすやすと口に出すべきではない。

どれだけ強く望んでいても、悲願は胸の奥に秘めておくべきだ。匹夫(ひっぷ)の勇に逸(はや)る自分を諌め、雌伏(しふく)し機を見極めなければ、きっと母や叔父の二の舞になる。

「鏡はどうなんだ。将来やりたいことがあるのか」

話を変えようと、向きあった水鏡の顔を見る。

「わたしの夢は、老水堂を国で一番の大店にすること。そして外海へ漕ぎだして、世界と商売をすること。まあその前に、借金を返さないとだけど」

蒼の宮城は沿岸に所在し、過去のどの王朝よりも貿易に重きを置いている。

港湾も整備が行き届き、海路の開拓にも熱心だ。

そういう意味で、この国は商人にとって夢がある。水鏡は同年なのに、皇子の自分よりもよほど未来を考えていると感じた。

「借金はともかく、大きな夢だ。鏡はすごいな」

「文青だってわかるでしょ。わたしには、ほかに取り柄がないから」

その話は今朝のうちに聞いていた。水鏡は美人で気質のよい姉の隣で、いつも存在なき者と見なされているらしい。文青も末弟ゆえに似た心持ちにはなるが、後宮では望まなくとも花ともてはやされる。

「商売以外にも取り柄があるぞ。鏡は、なんだかんだで心優しい」

「『なんだかんだ』で、わたしが喜ぶとでも」

「そう言うな。私は見目だって好ましいと思う」

後宮の美女に見慣れていると、こういう普通の顔が新鮮に思える。

だから本音ではあるのだが、水鏡は頬を赤らめるほどに機嫌を損ねた。

「文青は、姉さんを見てないからそう言える」

「そうかもな――おい、やめろ。揺らすな」

ふくれっ面の水鏡が、地団駄を踏むように足で舟を揺らす。

「ほんの冗談だ。怒るな鏡」

「怒ったふりをしただけだよ。そんなこと、いつも言われ慣れてる」

「悲しいことを言うな。よし。詫びとして私が大人になったら、時の皇帝陛下に進言しよう。都で商いをする者たちに、重税をかけぬようにと」

一番を目指さなくても、そのくらいはできるようになりたい。

いや、ならなければ仇討ちなどとうてい無理だろう。

「じゃあ約束ね。官が私腹を肥やさず民と商いを重んじれば、この国と老水堂はもっと大きくなるよ」

「ちゃっかりしているな、私の友は」

「そんな風に言ってくれたのは、文青が初めて」

水面を見ていた水鏡が、こちらに顔を向けてくる。

「そうなのか。鏡は誰が見ても、ちゃっかりしているだろう」

「そっちじゃなくて、友のほう」

「鏡には友がいないのか」

「朝に言ったでしょ。みんなきれいな姉さんばかり見て、わたしのことなんて目にも入らない。でも別にいい。わたしは商売に生きるから」

水鏡の気持ちが、文青にも少しだけわかった。

「私も友と呼べる相手はいない。皇族に生まれた者はみんなそうだ。だからこんな風に腹を割って話したのは、鏡が初めてだ。おまえだけが私の友だ」

「姉さんを見るまではね」

水鏡は、けっこう根に持つ性格らしい。

「ならば、いまこの場で天に誓おう」

文青は勢いよく立ち上がった。

「ちょっと、危ない」

水鏡が慌てて川底に櫂を突き、舟の揺れを押さえこむ。

「鏡は生涯、私の友だ。困ったことがあったら、いつでもこの文青を頼れ」

文青は水鏡に向けて手を伸ばした。

しかし水鏡は手を取らず、じっとりとした目を向けてくる。

「皇族って、ちょっと優しくされたらみんなにそう言いそう」

「たしかに言うが……なんだよ、商人め」

文青が舌を打つと、水鏡が声を立てて笑った。

「商人は欲の塊だよ。だから他人の欲も考える」

「私は別に、いいところを見せたいわけではない。本当に鏡が大切なんだ」

「わかった、信じる。文青は友だち」

伸びてきた小さな手が、ようやく握手の形を作る。

「でも、お城の中には行かないよ。側室にされて、一生飼い殺されちゃう」

「偏見がすぎるが、まあいい。鏡には夢がある。自由に生きるべきだ。私は鏡の夢がかなうことを、宮中から祈っているさ」


そんな風に、お互いが夢を語りあってから六年。

開成王となった文青は、折に触れて水鏡のことを思いだしていた。

しかし約束通り宮中には招かなかったし、近況を調べさせたりもしていない。水鏡が夢に向かって進んでいれば、老水堂の名は自然と耳に入るだろう。文青はそれを楽しみに、日々を公務に勤しんでいた。

だが、ひとりの宮女の死をきっかけに事情が変わる。

黄宮調の調べでは、その宮女は鉱物毒に当たったのだという。しかし宮女の顔が白賢妃に似ていたと知り、きなくさいものを感じた。

念のため蔡統に調べさせたところ、宮女は老水堂の娘だという。

このときの絶望を、文青は言葉にできない。すぐに宮女の名が水蓮、すなわち水鏡の姉とわかったが、それでもしばらくは半身を失ったような感覚が残った。

「殿下。どうなさいますか。七日後には開成へと発ちますが」

蔡統に問われ、文青は決意する。

これも運命の流れかと、水蓮の遺体を返す一団に同行した。


文青が老水堂を訪れるのは二度目だった。

初めては十二のときで、賊から逃げる際に小舟を大きいものに替えた。

記憶の中の老水堂には、とにかく客が大勢いた。子連れや老人や若い男女が、乾物や壺や古着や船具を、ひっきりなしに買いこんでいた。

しかし二度目の今日は、以前のような活気がないと感じる。

客はちらほらいるので、商売がうまくいってないわけではないだろう。店の棚に並ぶ商品も増え、はちみつや羽毛扇まで取りそろえてあった。

なのにさびしげに感じられるのは、水蓮の訃報が伝わっているからだろうか。まるで老水堂自体が喪に服しているようだと、文青はそっと店の奥をのぞく。

するとそこに、会いたかった人物がぼんやり立っていた。

「鏡、なのか」

「文青、なんで」

望まぬ形での再会は、互いをひどく驚かせる。

水鏡のほうは、文青がくるとは思っていなかったゆえの動転だろう。

しかし文青が目を疑ったのは、水鏡があの頃と変わっていなかったからだ。

もちろん年相応に背は伸びて、顔つきもきちんと大人になっている。

だが髪が、十二の頃から伸びていないかのごとくに短い。

そのことに感極まったわけではないが、水鏡にうまく声をかけられなかった。蔡統に状況の説明を任せ、文青はいったん店の外へ出る。

半刻ほど風に当たっていると、やがて水鏡が外へ出てきた。

「久しぶりだな、鏡」

「開成王殿下。私は少し、水に流されます」

水鏡は淡々と舟の準備を始める。

「わかった。私も流されよう」

船民方言の意味は完全にはわからないが、文青も同舟を申し出た。

しばらく無言のまま、水鏡は舟を漕いだ。

やはりかけるべき言葉が見つからず、文青は背中で友を慮る。

先に沈黙を破ったのは水鏡だった。

「開成王殿下。どうか私を、宮女として入宮させてください」

思いも寄らぬ嘆願に、文青は勢い振り返る。

「落ち着け、鏡。なにを言いだすんだ」

「私は落ち着いています。いつだって冷静です」

たしかに表情はそう見えるが、言動が正気ではない。

「冷静なものか。おまえには夢がある。老水堂を大店にするのだろう」

ふたりが交わした唯一の約束で、水鏡の意識を戻そうとした。

「姉の訃報を聞いてからも、私は普通に仕事をしていました。店番をして、商談をして、いつも通りに舟であちこち出かけていました」

老水堂の水鏡ならそれもありえる――などということはなかった。

「でもそれは偽りです。実際は真っ暗でした」

水鏡の顔からは表情どころか、いまや生気すらなくなっている。うつろな目は文青に向いているが、おそらくはどこも見ていない。

「真っ暗とは、どういう意味だ」

「私は仕事をしていたつもりでしたが、実際は一歩も動いていなかったのです。気がついたら夜になっていて、袂に小銭がありました」

文青は愕然となる。問題はそれだけの間、水鏡の意識が途切れていたことだ。袂の金は買い物客が困った末に、そうして代金を支払ったのだろう。

「あの日から気がつくと、闇の中にいます。ほとんど一日中真っ暗です。おかしいでしょう。ほかに取り柄がない私が、商売に身が入らないんです」

「大丈夫だ、鏡。おかしくない。おまえは正常だ」

「姉が入宮して、自分と比べられることもなくなりました。私はそのことを喜んでさえいたのです。なのに気がつくと真っ暗なんです」

淡々と話していた水鏡が、前触れもなくいきなり滂沱の涙を流し始めた。

「ほら、こんな風に悲しくないのに涙が出るんです」

言った途端に水鏡の目から光が消え、よろりと体が傾く。

「違う！　鏡、おまえは悲しんでいるんだ」

文青は支えるように水鏡を抱きしめた。しかし体に躍動の気配がない。まるで魂魄を失った入れ物のように、水鏡はだらんと身を預けてくる。

それでも文青は離れなかった。自分の熱を移すよう、水鏡を強く抱きしめる。

商店が並ぶ通りは抜けていたので、はやし立てる者もない。

街の喧噪が遠ざかっていくのを感じていると、やがて水鏡が身をよじった。

「文青……開成王殿下、ありがとうございます。でも、痛いです」

「あ……ああ。すまない」

腕をほどいて身を引くと、水鏡の血色が多少よくなっていた。例の「闇」から戻ってきた、ということだろうか。

「自分がこんな風になるほど、私は姉を愛していたと知りました。父など私よりひどいです。うわごとのように『すまない、すまない』と口にしながら、泣いてばかりいます。このままでは老水堂は大店になるどころか、潰れてしまうでしょう」

「だが、鏡。入宮してどうするのだ」

「私は姉の死の真相――いいえ、姉という人を知りたいのです」

水鏡は姉について淡々と語った。以前にも聞いた人柄や妹に対する愛情、そして水鏡をかばうように婚約し、さらにはその許嫁を置いて入宮したことを。

「殿下、どうかお願いします。私を後宮に入れてください」

水鏡は意思を感じる強い眼差しで、しっかりと文青を見据えていた。

――私と、同じだ。

文青と違い、水鏡は姉の無念を晴らしたいわけではないだろう。

だが間違いなく、心の半分を闇に奪われている。自分のせいで姉が死んだ。自分さえいなければ。死ぬべきは自分だ。そんな風に感じているに違いない。

当時の文青が文武に励んだように、水鏡にも心を満たすなにかが必要だ。

「わかった。なんとか入宮できるよう手配しよう。六年前に、『困ったことがあったらなんでも頼れ』と言ったことだしな」

「いえ、そのお願いはまだ使いません。もったいないので」

「なんだと」

予想外の返答に、思わず声が大きくなる。

「取り引きをしましょう。身分はともかく、相互対等が商いの基本です」

かつて小舟を大舟に乗り換えたときのように、水鏡は満面の笑みを浮かべた。

「いやはや、殿下も考えましたね」

橋上でまどろむように回想していた文青は、蔡統の言葉で我に返った。

「まさか水鏡を側室としては招かず、間諜(かんちょう)として雇い入れるとは。お見事です」

見下ろす川路の水面に映る、自分が顔をしかめている。

「言っておくが、私が考えたんじゃないぞ。これは鏡自身が望んだんだ」

姉の死の真相を探るため、同じ司舟司に配属してほしいと水鏡は言った。

さすれば宮中の噂も仕入れられる。文青に有益な情報を得たら逐一報告する。そう言って水鏡は、相応の報酬まで要求してきた。

相変わらずのがめつさにはあきれるしかないが、留守中の目を欲しがっていた文青には願ったりな条件でもある。まんまと商談を成立させられた。

「それはまたいじらしい。水鏡も一途（いちず）な女性でしたか」

蔡統はいまだ勘ぐっているようだ。

水鏡の入宮に際して、蔡統には「鏡を私の左腕にしてくれ」と伝えている。ゆえに右腕としては、あまり面白くないのだろう。宮中の作法や背後関係などの教育を任せたが、ふたりの相性は同舟共済（どうしゅうきょうさい）とはいかなかった。

「あのな、蔡統。鏡は思慮深い商人だぞ。単に友を利用しているだけ――」

「殿下、お待ちを。あれをご覧ください」

いきなり声を鋭くして、蔡統が食い入るように川路を見た。

なにごとかと目を向けた瞬間、文青も衝撃に立ちすくむ。

「なんだあれは……」

川路の上流を、一艘の小舟が流れていた。
しかしそこに、櫂を持つ水夫が見当たらない。
代わりに女官服を着た宮女がひとり、目を閉じ舟に横たわっている。
宮女の周りには、鮮やかな橙色の花が敷き詰められていた。
「これは、幻か」
そこに見えるのは、あたかも水鏡の姉、水蓮の死と同じ光景だ。
文青はもうまどろんでいない。花舟は蔡統にも見えている。
――となればあれは、ふたり目の犠牲者か。
固唾を呑んで見守っていると、いよいよ花舟が石橋の真下へきた。
そこで信じられないことが起こる。
花舟に横たわっていた宮女が、ぱちりと目を開けたのだ。
宮女はぼんやりした様子で、ぼそぼそと独りごとを言う。
「姉さんは、なにを考えていたの」
水蓮のように花舟で流れてきたのは、まだ生きている妹のほうだった。
「鏡！　おまえこそ、なにを考えているんだ！」
思わず花舟に向かって叫ぶと、額に疼痛（とうつう）が走る。

こんなことをすれば、間違いなく騒ぎになるだろう。董貴妃とやりあった件もそうだが、水鏡は自分から申し出たくせに間諜として目立ちすぎる。

「おや、開成王殿下」

水鏡は舟に寝そべったまま、形ばかりに膝を曲げて挨拶した。

「では、開成王殿下」

挨拶しながら、橋の下へと流れていった。

「なるほど。『思慮深い』」

隣で蔡統が、くつくつと笑っている。

文青は急ぎ反対の欄干へ走った。川路を見下ろし叫ぶ。

「鏡、舟を停めろ！」

水鏡がさも面倒そうな顔をして、ゆっくりと舟を寄せた。

顔をつきあわせ説教したいところだが、あいにく桟橋がない。

しかたなく、石橋の上から問いかける。

「説明しろ、鏡。おまえはなにをしていたんだ」

「物置きで寝るのと同じですよ。姉がなにを考えていたのか、少しでも近い気持ちになれるかと。馬釆女から、凌霄花も譲ってもらえたので」

「だったら、もう少しやりかたを考えろ。こんなに目立つ間諜があるか」

まだ付近に人はいないが、遠くで宮女たちがこちらに指を向けている。

「申し訳ありません。流れ始めは早朝だったので」

「ああ、そうだろうさ。鏡は賢い商人だ。目立たぬように気を配っている。だが姉への甘えが抜けてない。いまだ自分を誰も見ていないと思っているのか」

水鏡の表情は変わらない。しかし思うところがあるのか、手に持った櫂で水底を突いている。まるで拗ねた子どもだ。

「もういい。それで、流されてみてなにかわかったのか」

「特には。ただどこかで、ふっと違和感を覚えました。なにかが引っかかったというか、変なものを見たような」

「だからと言って、もう一度流れてもらっては困る」

「わかりました。代わりに殿下、私の質問に答えてください」

「ああ。なんでも答えてやるさ」

やけ気味に請け負うと、水鏡がいつもの調子で言った。

「殿下は私の姉、水蓮を殺しましたか」

水鏡の顔はこちらを向いていたが、その目は水面を見つめていた。

花舟（弐）

五　水鏡、白賢妃を見舞う

経堂宮の一室で、水鏡はその顔に見入っていた。

「ごめんなさいね。今日はこれでも、体調がいいほうなの」

寝台に横たわったまま、白賢妃が弱々しくしゃべる。

賢妃の白鹿という名前は、蒼の国から和平の証しとして贈られたものだ。本名は北方の言語なので、水鏡にはとても発音できない。

その新しい名の通り、白賢妃の肌は雪のように白かった。亜麻色の髪や瞳も異国人のそれだが、たしかに顔立ちは亡き姉に似て見える。

――鬘をかぶって目に玻璃でも入れれば、あるいは。

影武者として通用するかもしれないと考えつつ、水鏡はちらと隣を見る。

文青はまだ怒っているようで、眉の角度が常より鋭い。

先刻の水鏡は、橋上の文青に姉を殺したのはあなたかと問うた。

なぜそう尋ねたのかは、先日の飲茶鼎談に起因する。

黄宮調が口にした容疑者は四名。

董貴妃、皇太后、陛下の宰相たちときて、四人目が開成王こと文青だった。

黄宮調の覚え書きの内容は、いまも記憶している。


白賢妃は、もともと開成王である文青の婚約者だった。

しかし先帝の崩御により、今上帝の後宮に入ることになった。

開成王文青は、自分からなにもかも奪っていく兄を憎んだ。自分の物にならないならばと白賢妃に毒を盛り、帝の寵愛を賜ったと噂の水蓮をも殺めた。


宮中における文青は、謙虚な王、実直な男子と、すこぶる評判がよい。

帝位を継いだ兄を支え、開成の地の民を思い、側仕えの宮女や宦官のことも蔑ろにしない。よく学び、よく働き、老若男女を問わず人気がある。

開成王文青は、嫉妬のような情からはほど遠い人物だ。

だから黄宮調も、「あくまで可能性の話だ」と軽く流している。

狸才人に至っては、「可能性なんて塵もないわよ！」と、目を三角にして黄宮調に嚙みついた。

水鏡は幼い頃の文青を知っている。よくも悪くも純粋な少年だった。

いまもあの頃と同じ目をしているし、先日も余想想という董貴妃の侍女を巨軀の宦官から間一髪で救った。断頭妃の恨みを買うことを恐れずに。

しかしここは後宮だ。色と陰謀が渦巻く業魔の巣窟だ。

瞳はあの頃と同じに見えても、六年の歳月は人を変える。

なにより文青は、心に復讐の炎を宿していた。考えにくいが水蓮が悲願の障害になるなら、除こうとする可能性がないわけではない。

だから水鏡は、水面を見つめて姉を殺めたか問いただした。

その結果、こうして並んで白賢妃を見舞うことになっている。

疑うなら自分の目でたしかめろ、ということだろう。

「白賢妃。こちらこそ無沙汰をして申し訳ありません。見舞いには訪れたかったのですが、なにぶん開成の治水が忙しく」

水面もないので、文青の顔に恋慕の情があるかは判然としない。

「あら、他人行儀ね。昔はよく一緒に遊んだ仲だったのに」

白賢妃も同じくだ。ふたりはおそらく、水鏡と出会う前からの仲だろう。その頃は許嫁として、互いが互いの国を訪問していたのかもしれない。

その交流が一時的に途絶えたのはおそらく政治的な理由で、破談も同様だろう。

久しぶりに再会した許嫁が兄の妃になっていて、文青はどう感じただろうか。

「年端もいかぬ頃のことゆえ、非礼はお許しください」

冷淡ではないものの、文青の言葉からはあまり親密さを感じない。

——でも、姉さんもそうだった。

さしたる仲ではないと思っていた商家の長男との縁談を、姉はいともあっさり受け入れた。人間観察には自信があったが、こと色恋ではあてがはずれる。

なにくわぬ顔をしていても、文青だって男盛りだ。これほど美しい公主を兄に奪われたなら、心中穏やかでいられないと思う。

「ところで——」

言いかけて白賢妃は咳きこんだ。控えていた侍女たちがざわめく。

「ごめんなさい、大丈夫よ。それよりそちらの宮女が、水鏡なのかしら」

弱々しく微笑む白賢妃を見て、水鏡はあらためて頭を下げた。

「然様でございます」

「侍女たちから噂は聞いているわ。あなたは宮中の有名人なんですってね。なんでも黄宮調を手玉にとったとか」

「はい。あ、いえ、決してそんなことは」

白賢妃がくすくすと笑い、また少し咳をした。

「すみません、白賢妃。水鏡は宮中にきて日が浅いのです。この者の言葉は私のものと思い、少々の無礼はお許し願います」

文青が目線で念押しをしつつ、転ばぬ先に杖を持たせてくれる。

「構わないわ。私だって、蒼の言葉はまだあやふやだし。水鏡が経堂宮へきたということは、たぶん姉上のことで聞きたい話があるのでしょう。噂程度には経緯を聞いているわ。お悔やみを言わせて」

「ありがとうございます。白賢妃は、ご自分が毒を飲まされたとお思いですか」

礼を返しつつ、水鏡は単刀直入に尋ねた。せっかく拝謁できたのだから、できる限りの情報を仕入れたい。白賢妃は姉の死の可能性すべてに関わっている。

「おい、き……水鏡。もう少しやんわり聞けないのか」

うっかり名を呼びそうになりながら、文青がたしなめてきた。

「いいの、文青」

親しげに皇太弟を名で呼び、白賢妃が微笑む。

「そういう噂が出回っていることは知ってるわ。でもね、私は本当に病なの。医者も肺が悪いと診断したし、もともと体も強いほうじゃないしね」

「昔の医者は、毒殺も生業にしていたそうです」

おいと、再び文青に注意された。

しかし侍医と呼ばれる存在が、帝の政敵を消してきた歴史は実在する。

毒と病の境は曖昧。肺が悪いと診断されても、素人に正誤の判別はできない。

「水鏡は、噂通り英明な人ね」

白賢妃が目を細めて笑う。その儚げな美しさに、水鏡ですら庇護欲が湧いた。

「でもね、医者は私の国から招いた者なの。だから信用できるわ。それに入宮する前から、異国の公主をよく思わない人がいることは知っていた。だから私が口にするものは、すべて毒味されているの。食前だけじゃなく、食後もね」

しかし臥せっているのは自分だけ。ゆえに白賢妃は病と結論づけたのだろう。身の守りかたも話しぶりも、賢妃の位にふさわしい知性を感じる。

それでもやはり、入宮した途端に臥せるのは異常だ。外部の者が毒を盛れないならば、それこそ怪しいのは医者や宮女だろう。

水鏡はそれとなく、侍る宮女たちをうかがった。

白賢妃と同じ異国のものがふたり。蒼のものが五人。みなが澄ました顔で立っていて、格別に不審な様子は見受けられない。

「鏡、内部の仕業はまだ疑うな」

水鏡にだけ聞こえる声で、文青がささやいた。たしかにいまの時点では無辜と判断しなければ、話を先に進められないだろう。

「では白賢妃。入宮したその日に、なにか変わったことはありましたか。たとえば虫の類に刺されたとか、誰かから贈り物を受け取ったとか」

口から服んだ可能性がないなら、かつて陳宝林が用いた蜂、あるいは蛇や蜘蛛などの毒を疑ってみる。

「虫に刺された記憶はないわ。でも贈り物はたくさん受け取っているはずよ。主上からは冠を下賜していただいたし、皇太后さまからは羽毛扇を賜ったわ。董貴妃は瑪瑙の腕輪をくださったんじゃないかしら」

冠や腕輪に毒針を仕こむことはできるかもしれない。しかし触れて痛みを感じたらすぐにわかる。贈り主が明確なのだから、その時点で問題になるだろう。

羽毛扇は老水堂でも商っている装飾品で、扇いで涼を取ることもできる。冠や腕輪と違って肌に触れないので、毒殺とは結びつきそうもない。

もちろん黄宮調が調べれば、なにかわかる可能性はある。しかし事件と疑う根拠がない以上、役人は吟味を始められない。

「ごめんなさいね、水鏡。ちっともお役に立てなくて」

さっきから、白賢妃は謝ってばかりだ。

一部の老臣に疎まれて、宮女たちには世話をかけ、皇帝陛下にはお世継ぎの顔を見せることもできない。自分はなんとはた迷惑な存在か。

――そんな罪悪感を抱えているとしたら、さすがに憐れだ。

姉を偲ばせる白賢妃の優しい目元に、水鏡は親しみを覚え始めている。

「こちらこそ、お休みの邪魔をして申し訳ありません。最後にひとつ、これが一番うかがいたかったことです」

ここまでは余興と言わんばかりの口上に、隣で文青が身構えた。

別に姉を殺したかなんて聞きませんよと、目で返してから質問する。

「姉が死んだ日、白賢妃は姉を経堂宮に呼び寄せましたか」

「いいえ。なぜそう思ったの」

「宮女を通じ、白賢妃が姉に接触したとの噂があります」

影武者の件を伏せたのは、この人には言う必要がないと感じたからだ。それは同情というより、好意かもしれない。

「みんな聞いて。その日、水蓮と会った者はいるかしら」

白賢妃が宮女に尋ねたが、顔を見あわせるばかりで声は上がらない。

「なにがあっても、咎めないと約束するわ。私の疑いを晴らすためと、姉を失った水鏡のため。知っていることがあったら、どうか教えて」

「私も他言しないと約束する。身の安全も保証する。頼む」

文青も約を添えたからか、ひとりの宮女がおずおずと前に出てきた。

「すみません。私が、彼に会う際に。たぶん、水宮女だったと思います」

名乗らなかった宮女は、親兵と逢い引きを重ねていたらしい。もちろん白賢妃の命など受けておらず、たまたま水蓮の舟を拾ったそうだ。

偽りではないだろう。逢瀬が明るみになれば罰を受けると知ってなお、主人の疑いを晴らすために告白したのだ。この証言は信用したほうがいい。

「もう少し、詳しく聞かせてもらえますか」

宮女が水蓮の舟に乗ったのは、日が落ちて間もない頃だという。特に変わった様子はなく、姉は楽しげに惚気話(のろけばなし)を聞いてくれたそうだ。

「お帰りなさいませ。殿下、疑いは晴れましたか」

川路(せんろ)で舟番をしていた蔡統(さいとう)が、文青と水鏡を交互に見てにやつく。

「どうだ、鏡(きょう)」

文青が不機嫌に尋ねてきたが、水鏡は答えず舟を離岸させた。

「鏡、よく聞け。私は皇帝陛下を、兄を、妬んでなどいない。白鹿はただの幼馴染みだ。たしかに一時は許嫁だったが、それも互いの意思で決めたものではない。邪(よこしま)な気持ちは微塵もないし、ふたりを心から祝福している」

「最初から、殿下が姉を殺したとは思っていませんよ」

「ならば、なぜ聞いた」

「手っとり早く可能性をつぶしただけです。姉を殺す動機を持つのは四人。ですが皇太后陛下はもちろん、董貴妃や宰相にだって、直接は聞けませんよ。私はまだ死にたくないので」

そう答えたが、判断が非合理的だった自覚はある。文青は水鏡を後宮に導いてくれた本人だ。姉殺しの首謀者ならば、わざわざそんなことはしない。

「なるほど。その面々なら、たしかに私に聞くしかないな」

まるで遺恨のない顔で、文青が呵々(かか)と笑った。

「ええ、まったくです」

文青の背後で、蔡統がしたり顔でにやにやと笑う。

あくまで黄宮調の憶測だが、文青が姉を殺す動機は痴情のもつれだった。だから蔡統は、「水鏡が嫉妬で文青を追及した」と下衆の勘繰りをしているのだろう。

文青は友であり主人なのだから、そんな感情を抱くわけがない。

「失礼。手が滑りました」

櫂で思い切り水底を突き、舟を大きく揺らす。

美しい蔡統の顔に動揺が走り、水鏡は少しだけ溜飲が下がった。

「水鏡、どういうことなの！」

経堂宮から司舟司に戻ると、見知った顔が大勢集まっていた。

花舟再びの噂を聞きつけたらしく、狸才人に黄宮調、水鏡を慕う孔娘や、姉の幼馴染みだった甄蘭、そしていつもは生意気な新人を目の敵にしている崔鈴まで、水鏡をわっと取り囲んでくる。

「どうと言われましても」

想定外の状況で、とっさにうまい言い訳も思いつかない。

この分だと、先の奇行は董貴妃や皇太后の耳にも届いているだろう。文青にもくどくどと説教されたが、たしかに軽はずみな行動だったかもしれない。

──それにしても、こんなに注目されるとは。

姉が隣にいないと、自分もそれなりに人から見られるのだと実感した。喜んでいるわけではないが、妙な気恥ずかしさはある。

「なんであんなことをしたの、水鏡。あなたまでと思って、心配したのよ」

狸才人が頬を膨らせ責めてきた。

「その、恋しかったのかもしれません。姉が」

苦し紛れにそう言うと、狸才人のふくよかな胸に抱きしめられた。

「それでいいのよ、水鏡」

「ああ。それでいい」

黄宮調も、水鏡の肩に手を置いてうなずく。孔娘は袖をつかんではらはらと涙を流し、崔鈴は「心配して損したわ」と、心配してくれたらしかった。

嘘をついたわけではないが、罪悪感に似た心持ちを覚える。

まるで戒めの火でも灯ったように、胸の奥がちりちりと熱い。

「ご心配をおかけして、すみませんでした」

「なによ、そのはにかみ顔。ぜんぜん反省の色がないわね」

狸才人に指摘され、水鏡は自分が笑っていることに気づいた。

――もしかして私は、いま喜んでいるのだろうか。

後宮に入ってから、少しずつ自分が変化しているような気がする。

六　水鏡、燃ゆ

訓練を受けていない者が櫂を使うと、舟は進まず回転する。

舳先や艫に陣取っての一本漕ぎは、これが存外に難しい。

しかし水の上で生きる船民（イエンミン）にとって、舟は馬と言うより沓（くつ）だ。目的地まで移動したときに、うまく沓を履いて歩けたと思うものはいない。

ゆえに不得手と言いながらも、水姉妹の姉だって舟の扱いに不足はなかった。

まして妹は、それ以外に取り柄がないと自嘲するほど操船に長けている。

にもかかわらず、いまの水鏡は櫂を持っておびえていた。

川路をゆっくり漕ぎながら、先に進むのを恐れていた。

「水鏡」

名前を呼ばれ、こわごわと顔を上げる。

瞬間、顔に大量の水が降り注いできた。

「どうかしら」

狸才人が石橋の上から、川路をのぞきこんでくる。

隣には黄宮調と孔娘の顔も見え、手にはそれぞれ桶や盥を持っていた。

「しますね、塩味」

袖で顔を拭ったが、全身びしょ濡れではほぼ意味がない。橋からぶちまけられたのは塩水なので、海で溺れたかのように口の中が辛かった。

「じゃあ実験は成功ね。ひとまず左宝宮に戻りましょう」

ずぶ濡れの水鏡を見下ろし、橋上の面々が堪えきれずにくすくすと笑う。

白賢妃を見舞った日の翌朝、茶房宮で再び飲茶鼎談が催された。

「姉が経堂宮の宮女を乗せたのは、日が暮れてすぐの頃だそうです。一方で馬采女の庭から凌霄花が手折られたのは、夜も遅くとのことでしたね」

水鏡は新たに得た情報をもとに、黄宮調に尋ねる。

前回は動機が主題だったが、今回は下手人についての考察だ。

董貴妃や皇太后には動機があるが、その立場はあくまで首謀者でしかない。直接に手を下すのは、いつだって命を受けた宮女や宦官だ。

「馬采女が夜中に目覚めたのは、庭園で人の声が聞こえたかららしい。そのときに水時計を確認し、庭に出て様子を見たと証言している」

「となると、その声の主が怪しいわね。馬采女は陳宝林の側仕えと思ったようだって言ってたけど、実際はどうなの」

狸才人の問いに、黄宮調は首を横に振る。

「先日あらためて陳宝林に問いましたが、関係ないの一点張りでした」

先の蜂の巣の件もあるので、これ以上に隠し事もしないだろう。

ゆえに深夜の声の主が姉の死に関係しているのは、間違いないと思われる。しかし現段階では、それを探る方法もなさそうだった。

「動機、下手人ときたから、次は手段かしら。やっぱり、死因は毒よね」

狸才人が言っているのは、毒の種類のことだろう。

魚が死んでいたこと、及び遺体に外傷などがないことから鉱物毒と判断されただけで、ほかの毒物である可能性は残る。

「ねえ黄宮調。陳宝林が使った蜂毒なんかは、ありえるのかしら」

「前にも言いましたが、魚の死と結びつきませんね」

「そうよねえ。毒殺と言えば、有名なのは菫（とりかぶと）だけど」

「その通りですが、どうやって水蓮に服ませるのですか」

夜中にいきなりこれを服めと毒薬を渡され、口にする人間はいないだろう。身分が高ければその命令も可能かもしれないが、皇族や妃妾はこんな面倒な殺しかたをしない。宮女の命は吹けば飛ぶ。

「そうねえ。空から雨のように降らせてみたら」

そんな狸才人の思いつきから、塩水を毒に見立てて実験をすることになった。さすがに水蓮役を人任せにはできず、水鏡が舟を漕いで塩水をかぶる。

その結果、こうして茶房宮で薄荷茶をがぶ飲みするはめになった。

「喉が焼けるようです」

あれからなんどもうがいをしたが、目や鼻からも塩味を感じる。

「だがあの程度の量では、川路の魚を殺すには至らない。もっと大量に降り注がせたなら、服は朝までに乾かない。もちろん水蓮の官服は濡れていなかった」

黄宮調が言う通り、少量の塩水でも水鏡はずぶ濡れになった。姉が殺されたと目されるのは夜で、発見されたのは早朝だ。日の出ている時間ではないし、大量の水をかぶれば衣服は乾かないだろう。

「ああ、そうよ！　閃いたわ」

狸才人が高揚した顔で手を打った。

「花よ。下手人は凌霄花の雨を降らせて、花びらで水分を吸い取ったんだわ」

「それが目的なら、私ならもっと吸水性のよさそうな物を使いますね」

黄宮調にあっさり退けられ、狸才人がなによと拗ねる。

「ひとまず橋の上から呼びかけて少量を降らせただけでも、毒は私の口の中に入りました。絵空事かもしれませんが、もっと効果の強い毒であれば、量を減らした上で水中の魚にも効果が出ると思います」

「私の知る限り、そんな強力な毒は存在しない」

ほぼ専門家の黄宮調に言われ、可能性の糸はすぐに切れた。

「いいえ、あるかもしれないわよ。孔娘、徐寧山をここへ。それから紙と筆も」

狸才人に命じられ、奥に控えていた孔娘が鳥籠を抱えてやってくる。

籠の中には、くすんだ色の鳩が一羽いた。

さらりと文を書きつけると、狸才人はそれを鳩の足に結ぶ。

「さあ、行ってらっしゃい徐寧山」

狸才人が窓の外へ放とうとしたが、鳩はなかなか飛び立たない。藍色の首をせっせと動かす鳩は、黄宮調の肩に留まった黄鳥を気にしている。

「粽の具にされたくなかったら、さっさと飛んでいきなさい！」

狸才人にどやされて、ようやく徐寧山は空へと羽ばたいた。

その後しばらく談議を続けていると、茶房宮にひとりの男が訪ねてくる。

「ご無沙汰しております、狸才人」

狸才人と同世代だろうか。痩身で背が高く、ほとんど線のように目が細い。髭をたくわえているので、宦官ではないだろう。奥から顔をのぞかせる侍女たちがささやく程度には、美男と言えるかもしれない。

「お久しぶりね、伊登。呼び立ててごめんなさい。息災だったかしら」

「ええ、おかげさまで。狸才人もお変わりないようで」

「この人は伊登。文官というか、研究者ね」

狸才人の紹介によると、伊登はいつも司書司で本ばかり読んでいるらしい。博学だが政には無関心で、先帝の代から妃妾に教養を教える立場だったという。

おかげで男子でありながら、宮中への立ち入りも比較的許されているそうだ。

「して、今日は何用でしょうか」

信用できる人だからと、狸才人が伊登に塩水の実験結果を伝えた。

その上で、少量でも水中の魚を殺せる毒は存在するかと尋ねる。

「そのような毒は、現実的にはありえないでしょうね」

それ見たことかと言うように、黄宮調が水鏡を見て鼻を鳴らす。

「ただし、伝承には存在します。鴆をご存じですか」

「鴆っていうと、おとぎ話に出てくる鳥よね。羽に毒があるっていう」

狸才人が言ったように、鴆は故事を記した書物に登場する空想の鳥だ。毒蛇を常食しているため体に毒があり、羽ばたきだけで耕地の作物を枯らすという。

「おとぎ話ではありませんよ。鴆は実在します」

伊登の言葉に、みな少なからず驚いた。

「かつての世では、この永山にも飛んでいた鳥です。鴆の毒は羽と肌にあり、水によく溶けたと言います。昔の皇帝たちは、鴆毒の酒で政敵を屠ったとも伝えられていますね。といっても、鴆が最後に見られたのは百年近く前ですが」

それではやはりおとぎ話だと、興奮がにわかに冷めた。

「百年も見られてない鳥が、急に現れるわけないわね。がっかりだわ」

「いえ、狸才人。鴆は外海にいまも生息し、そちらでは『ぴとふうい』という名で呼ばれています。鳥ですから、渡りをすることはあるかもしれません」

伊登の解説を聞いた瞬間、水鏡の脳裏に一羽の鳥がよぎる。

見たこともない鳩ではない。

黄宮調の黄鳥でも、伝書鳩の徐寧山でもない。

「鳳凰」

口をついて出た言葉に、みながきょとんとした。

「狸才人。帝が代替わりした頃、鳳凰の目撃が相次いだと言っていましたね」

「ええ、そうね。残念ながら私は見なかったけど。黄宮調は――」

「私も噂を聞いただけだ――」

だがその噂が続出したなら、ひとりやふたりは目にしているだろう。

「伊登さまは、鳩を見たらそれとわかりますか」

「そうですね。持ち出しはできませんが、画は司書司に残されています」

水鏡の頭の中で、ほつれた縄がきれいに縒られていく。

この推測が正しければ、姉はやはり殺されたと見て間違いない。

「狸才人。孔娘を連れて、鳳凰を見た人物の話を聞きにいってください。孔娘は証言を聞いて、鳳凰の画を描いて。特に色を大事に。それから黄宮調は、馬釆女のもとで凌霄花を数本借りてきてください。私は経堂宮へ別の借り物に行きます。伊登さまは留守番を。それでは後ほど――」

困惑する伊登をよそに、水鏡は茶房宮を飛びだした。

しばしの時がたち、ぽつぽつと全員が再集合する。

孔娘が描いた鳥の画を、首をそろえて鑑賞した。

「こんな鳥、初めて見るでしょう。鳳凰と言われれば、そんな気もするけどね」

狸才人が言うには、発見者はとにかくその「色」に見入ったらしい。

体の色は橙が基本らしく、頭や嘴、それに尾と羽も先端だけが黒い。羽毛はもこもことした質感で、体型はややずんぐりして見えた。

「孔娘。この鳳凰の大きさは」

「翡翠よりも、ひと回り大きいくらいだそうです。姐さま」

縁起のよい瑞鳥である鳳凰は、宮殿の屋根などにも像が飾られている。像ゆえ色味は確認できないが、それでも大きさは翡翠よりも孔雀に近い。

「間違いありませんね。みなが鳳凰だと思っているこの鳥は、まさに鴆ですよ」

伊登がきっぱりと断定する。

「じゃあ後宮に、羽ばたきで大地を枯らす毒鳥がいるってことなの」

狸才人が身をかき抱いた。

「だとしたら一大事だ。主上の身に危険が及ぶ可能性がある」

黄宮調が色を変えて立ち上がる。

「いえ、鴆はすでに誰かが捕らえているはずです。この箱の中を見てください」

水鏡は手袋をはめ、慎重な手つきで箱の蓋を開けた。

「きれい、というより趣味の悪い羽毛扇ね。黒、白、赤の三色なんて」

箱の中身を見て、狸才人が率直に言う。

「これは白賢妃が、皇太后陛下から賜ったものです。お手を触れないようにして、赤の部分を見てください」

水鏡が示した三段目の赤の一部に、わずかだが橙の羽毛が見てとれる。

「まさか、これが鴆の羽根だっていうの。そんなもので身を扇げば……」

たとえ手で触れずとも、扇を使えば少しずつ体に毒が取りこまれるだろう。その毒はじわじわと、白賢妃の肺を蝕(むしば)んだはずだ。

「それだけじゃない。見ろ。この羽根の色は、凌霄花と同じだ」

気づいた黄宮調が、円卓の上に橙色の花束を置いた。

「そうです。特に花びらの中の雄しべや雌しべの集まりは、目を凝らさなければ羽毛と見分けがつきません」

「水夫、すでに羽毛と花の相似に気づいていたのか」

水鏡はうなずいた。

「私はこの色を、川路を流されながら見ています」

花舟を文青に止められ、その際に違和感を覚えたとは言った。

あのときは自分がなにを見たのか定かでなかったが、おそらくは視界の端に入った珍しい色を無意識に留めたのだろう。

「というわけで、いまから急いで川路を下りましょう」

水面の輝きはすでに弱くなっていた。

早く羽毛を見つけなければ、日が沈んでしまう。

櫂を大きく動かす水鏡の舟には、狸才人と黄宮調だけが乗っている。

後宮で男は目立つからと、伊登は自ら司書司へ戻っていった。孔娘は同舟したがったが、乗船人数と速度を考えて留守番を頼んでいる。

「よかった。見つけました。あそこです」

石橋を見上げ、手すりの束柱に櫂を向ける。

橋のほうからは見えない裏側に、橙色の羽毛が貼りついていた。

「下手人はあの石橋の上から、川路の水蓮に向けて鴆の羽根を降らせたのね。それを悟られないよう、一緒に凌霄花の花もばら撒いたんだわ」

水鏡の見立ても、狸才人と同じだ。

「私がもっと花舟を吟味していれば、あの時点で鴆の羽根を見つけられたはずだ。すまない、水夫。養蜂着を身につけていたことが悔やまれる」

黄宮調が歯ぎしりをして、橙色の羽毛をねめつける。

「養蜂着を着用していたら、視界が塞がれ常の半分も見えないでしょう。しかし身につけていなければ、黄宮調にも鴆毒の障りがあったはずです」

水鏡の指摘を聞いて、黄宮調の顔色が変わった。

「思いだしたぞ！　水蓮の遺体を吟味する際、養蜂着の紛失が発覚したのだ。まさか下手人が持ち去ったのか。鴆を捕獲するために」

その可能性はおおいにある。羽毛をむしるなどの作業をするにも、全身を覆う養蜂着は使い勝手がいいはずだ。

「とにかくこれで、動機と証拠がつながったわね。皇太后陛下は妃嬪をひとり廃するために、白賢妃に鴆の羽根を用いた羽毛扇を贈った。そして白賢妃の幽鬼のごとき水蓮が目障りだったから、鴆の毒羽根を降らせて殺した。あとは下手人ね」

それにしても命が軽いわと、狸才人が立腹を露わにした。

姉がそんなくだらない理由で殺されたとしたら、悔やんでも悔やみきれない。

だが後宮では、もっと無意味に命を散らす宮女もいる。

常人には理解できずとも、それが真相なら受け入れるしかない。

「おそらく下手人は、鴆を捕らえてどこかで飼うなり締めるなりしただろう。その場所を探せば、必ず証拠が残っているはずだ」

「きっと廃宮の類よね。明日から手分けして探しましょう」

黄宮調と狸才人が、互いの目を見てうなずいた。

水鏡はひとり空を見上げる。

西の彼方が、鴆の羽を思わせる茜色に焼けていた。

「そうですね。もう夜になりますし、今日のところは戻りましょう」

月が不気味なほどに輝く夜、水鏡は静かに舟を漕いでいた。

文青への報告をすませた帰りで、蔡統は乗船していない。

——たぶん、この辺りのはず。

おそらく姉は、経堂宮の付近で逢い引き予定の宮女に拾われただろう。

下手人は姉がひとりになるのを見届け、馬采女の庭園から凌霄花を盗む。そして急いでとって返し、あの石橋から姉に毒の羽根と共に降り注がせたはずだ。

その経路を逆算すれば、鴆を処理したであろう場所も推測できる。

水鏡は桟橋に舟を舫い、宮殿のない地に下りた。

月の明かりを頼りに、草の生い茂る地面を歩く。

しばらく行くと、水鏡の物置きと変わらない朽ちた船小屋を見つけた。

息を潜めて近づき、中の気配を探る。

小屋の窓は塞がれていた。物音や人の声は聞こえない。

大丈夫だろうと踏んで、木の扉に手をかける。だが開かない。

見れば水鏡が暮らす物置きと同じく、扉に仕組み鍵らしきものがあった。この船小屋も、どこかの宮女の罰として使われていたのかもしれない。

羽目板を選んで一枚はずし、扉に手をかける。

きいと軋む音がして、物置きの入り口はあっさり開いた。

室内はかなり暗い。月光だけでは中を見渡せず、歩き行灯に火を入れる。

埃の積もった櫂や舫い綱が、あちこちに散乱しているのが見えた。

しかし隅のほうに光を当てると、異質なものがそこにある。

「養蜂着」

黄宮調が言っていた、保管庫から紛失したという物だろう。

さらに近づき土間を照らすと、炎のように明るい羽毛が落ちていた。

「そこで、なにをしているんだ」

背後から声をかけられ、水鏡はすぐさま懐に手を忍ばせた。

金属の冷たい手触りがある。下手人と遭遇した際の備えは用意していた。

「答えろ、水夫」

再び背後の声が言った。水鏡をそう呼ぶ人間は多くない。

「驚かさないでくださいよ」

ほっとして振り返ると、月明かりを背に黄宮調が立っていた。行灯の火に照らされた顔に感情はなく、ただ水鏡を見つめている。

「黄宮調こそ、なにをしているんですか」

「決まっているだろう。水夫、貴様の後をつけてきた」

黄宮調が船小屋に入ってきた。

「なぜゆえ、私の尾行を」

「聞かなくてもわかっているはずだ。証拠は見つけたようだな」

黄宮調の目が、船小屋の隅の養蜂着を一瞥する。

水鏡は唇を噛んだ。この展開は予想していない。背筋に冷たい汗が流れていく。

「黄宮調は、真に激昂（げきこう）したときは感情が消える人ですか」

「その通りだ。こう見えて、私はいま烈火のごとくに怒っている。もしも私が下手人だったら、貴様はとっくに殺されているぞ。貴様は花舟の件で、どれだけ周囲に心配をかけたと思っているんだ。孔娘など貴様が死んだかと泣いていたんだぞ」

「すみません」

「すみませんですんだら私はいらない。狸才人が下手人の隠れ家を明日から探そうと言ったとき、貴様は明らかに上の空だった。この娘は絶対に今夜動く。そう予測して尾行してみれば、実際この通りだ。どうして貴様はそうなのだ。死にたいのか。だったら私が殺してやろうか」

「なにもそこまで怒らなくても――」

いきなり船小屋の扉が、ばたんと勢いよく閉まった。

「なんだと。おい、誰だ。開けろ」

黄宮調が振り返り、誰何（すいか）しながら木扉を押す。

しかし返答も、扉が開く気配もない。

「閂か。ふざけたことを。おい、開けろ。私を誰だと思っている」

扉をどんどんたたいたが、外からはやはり反応がない。

「押しても無駄ですよ。仕組み鍵との併せ技です。相手は下手人でしょう」

「なにを悠長な。貴様のせいで、こうなっているんだぞ。このまま朝まで閉じこめられている気か」

「いいえ。小屋はおそらく朝までもちません」

「どういう意味だ」

黄宮調の肩の上で、夜にもかかわらず黄鳥が鳴いた。

「火を放ったか！」

黄鳥の鳴き声に、ぱちぱちと火が爆ぜる音が重なる。

養蜂着が置いてあった小屋の隅から、ゆっくりと煙が流れこんでくる。

「この程度。黄美鶴をなめるなよ」

黄宮調が櫂を手に取り、勢いよく木扉に突撃した。

しかし音を立てて壊れたのは、扉ではなく櫂の方だ。

「おい、水夫！　貴様も手伝え……おい、どうした！」

水鏡はその場にしゃがみこんでいた。

自分の物置きを住みやすくするべく、板塀を破壊しようとしたことがある。しかし非力ゆえか、単純な力では朽ち小屋はびくともしなかった。小屋を破壊しての脱出は不可能だと、すでに身をもって知っている。

「おい、しっかりしろ水夫！　立て！」

煙が小屋の中に立ちこめ始めた。

「黄宮調。無理です。あきらめてください」

「馬鹿を言うな！　私はこんなところで死ぬわけにはいかないんだ！」

仁王立ちした黄宮調の影が、小屋の板塀で揺れている。

「立て、水夫！　考えろ！　貴様の頭は、これしきで回らなくなるのか！」

炎が爆ぜる音が、段々と強くなっていく。

七　文青、かなぐり捨てる

「驚いたな。噂の鳳凰が鴆だったとは」

文青は脇息(きょうそく)に肘を置き、ぐいと杯を飲み干す。

水鏡はいましがた、定時報告を終えて帰っていった。

なので深夜の秦野殿（しんやでん）で酒の相手をしているのは、膝を崩した蔡統だ。

「ええ。すべてつながりましたね」

ふたりとも飲んではいるが、あまり陽気な酒ではない。

水鏡からの報告で、水蓮と白賢妃が同じ鴆毒で害されたと判明した。かつて大勢いた文青の兄姉も、毒殺と見られる死に方が多い。

今後の調べ次第で、皇太后の罪状は明らかになっていくだろう。

その被害者には、きっと文青の母や叔父も含まれているはずだ。

ではいよいよふたりの無念が晴らされるかというと、ことはそう簡単ではない。

なにしろ相手は、皇帝陛下の母上だ。

「この世のすべての権限は天子たる兄上、皇帝陛下にある。よし証拠があったとしても、皇太后を追い詰めるのは相当に難しい」

兄の文緑（ぶんりょく）は暗君ではないが、容貌通りの幼いところがある。おまけに世継ぎもない現状では、母たる皇太后に頭が上がらないだろう。

「皇太后を誅（ちゅう）するなら、藤公主（とうこうしゅ）を味方につけるべきでしょうね」

「姉上か」

蘭夫帝（らんぷてい）から藤沢（とうたく）の地を賜った文桃（ぶんとう）は、王家の長女だ。

その気位は董貴妃以上に高いと噂され、すでに地方領主に嫁いでいながら頻繁に後宮へやってくる。

理由は文青と同じで、母を失っているからだ。首謀者を皇太后とにらんで探っているのも同じだが、憎しみは文青よりなお深い。

藤公主、そして同腹の弟である文赤（ぶんしゃく）の母は、罪を着せられ幽閉された。最終的に当時貴妃だった甄冷稜（しんれいりょう）が皇后になり、いまの皇太后となっている。

藤公主の母が潔白を証明できていたら、現在の皇帝は文赤だったろう。実の弟を溺愛する藤公主は、皇太后に尋常でなく強い恨みを持っている。

「そうだな。たしかに姉上なら、皇太后を獄に送るくらいはできるだろう」

藤公主の嫁ぎ先は、蒼でも有力な地方だ。弟の文赤も栢山（はくざん）の王であり、その二地方が協力すれば蒼は大混乱に陥る。

「だが、問題はそのあとだ。姉上が皇太后を廃した結果、どうなる」

「お命を狙われるでしょうね、陛下が。まかり間違えば殿下も」

蔡統が、さもありなんと予見した。

藤公主は劇薬だ。下手に用いれば、第二の皇太后が生まれかねない。

「ならばこの件は記録に残して、切り札にすべきか」

だがいまとなっては、水鏡の敵も皇太后だ。姉を死に追いやった人物から目をそらせなど、文青にはとても言えない。

「もしも皇太后と対峙すれば、董貴妃以上に死は確実です。殿下は名残惜しいでしょうが、水鏡は富水の都に帰すべきですね」

間諜としての働きはもう十分だし、水蓮の死の真相もわかった。あとは下手人を捕らえて、皇太后とのつながりを吐かせればいい。

「そうだな。鏡を後宮に長居させれば、姉のように巻きこまれるかもしれない」

「いや、殿下」

蔡統が身を乗りだした。

「私が勧めておいてなんですが、それでよいのですか。いま水鏡を逃がしたら、二度と会えませんよ」

文青は、はあと酒の息を吐く。

「あのなあ、蔡統。まだ勘ぐっているようだが、私と水鏡は――」

「相思相愛ですね」

「違う！」

「ですが私は殿下の口から、水鏡以外の女人の名を聞きません」

「いや、いっぱいいるだろう。藤公主やら黄宮調やら」

「はあ、わかってませんね」

蔡統も酒の息を吐き、大げさな素振りで首を左右に振る。

「いいかげん認めてください。殿下は水鏡を愛しているんです」

「友としてな」

「だったら私が、手籠めにしてもよろしいのですか」

「蔡統！」

叫んだものの、続ける言葉に窮した。

「殿下。悪いことはいいません。水鏡をお娶りなさい」

それはできない。水鏡には、子どもの頃からの夢がある。

「『水鏡には夢がある』、などという言い訳はよいのです。殿下は真に皇帝の器を持つお方。ですがたったひとつ、欠けているものがあります」

「言わなくていい。私は帝位に興味はない」

「それです。殿下に足りないのは欲です。あなたは民のためには牛馬のごとくに働きますが、自分のためには働かない。いくら飢えた者を救っても、すべての民は幸せになりません。ときに切り捨てる覚悟がなければ、国は富まぬのです」

政を学ぶ者はみな、そう書かれている書に目を通す。

善政という言葉は、あくまで当時の民にとっての価値だ。国や領地を栄えさせることができなければ、後の世代は時の主を無能と呼ぶ。

「大地たる殿下に欲があってこそ、民草(たみぐさ)も欲を芽吹けるというもの。欲こそが、蒼を繁栄させるとおわかりですか」

まさに水鏡が、それに近いことを言っていた。

『商人は欲の塊だよ。だから他人の欲も考える』

自分に欲があれば、より民を幸福にできる。

そんな風に考えたことは、これまでただの一度もない。

「ともかく殿下は水鏡を欲しています。それは殿下の持つ唯一の欲でしょう。なのに律してしまうのは、水鏡の夢のためではなく自身の引け目ではないですか」

「私の引け目だと」

「殿下は水鏡に命を救われた恩があるから、唯一の欲に蓋をしてしまうんです。さあどうすれば、殿下は私のように欲を解放できるのでしょうね」

蔡統が、やけに妖しく笑んだときだった。

「開成王殿下!」

寝室に、側仕えの宮女が飛びこんでくる。

「なにごとだ」

「対岸で火の手が上がっています！」

すわ敵襲かと寝所を飛びだした。蔡統も追ってくる。

庭園に出て対岸を見ると、闇の奥が赤く揺らめいていた。

「蔡統、あの辺りに宮殿はあったか」

「いいえ。まだほとんど手を入れていない土地です。おおかた船小屋で逢い引きしていた者が、行灯でも倒したのでしょう」

ありそうな話だ。しかし放っておくわけにはいかない。

「行こう。蔡統は火消しを差配してくれ」

「お待ちを。なにも殿下が行かずとも」

「なにを言う。後宮で飯を食む男は、こういうときのためにいるのだ」

抱えの水夫に命じ、対岸へと舟を漕がせる。

桟橋に着いて石段を駆け上がると、すでにちらほらと宦官や宮女がいた。

「教えてくれ。火事はどんな案配だ」

遠巻きに炎を眺めている水夫に尋ねた。

「わかりません。船小屋の周りが燃えているようです」

周りと聞いて、かすかな違和感を覚える。

逢い引きの末の失火なら、建物は内側から燃えるのではないか。それが外から燃えているなら、つけ火の疑いがある。

「ねえ、あれ見て。あれって黄宮調の黄鳥じゃない」

宮女のひとりが闇夜に目を凝らした。

遠い草地に、黄色い鳥がうずくまって鳴いている。

「夜に飛べない鳥が、なぜ」

まさかと、嫌な予感が頭をかすめた。

水鏡は今宵の報告で、明日から狸才人や黄宮調と下手人の手がかりを捜すと言っていた。しかし先の花舟のような向こう見ずを考えると、ひとりで夜のうちに捜索を始めていてもおかしくない。黄宮調はそれを予期して諫めんとし、共につけ火に巻きこまれたのではないか――。

「借りるぞ！」

水夫が携えていた櫂を奪い、小屋へ向かって走る。

鼻が煙の臭いを嗅いだ。小さな火の粉が闇を舞っている。

小屋は形こそ留めていたが、そこかしこが燃え上がっていた。

「鏡！　くっ」

噴き上げた煙に目をやられる。袂で顔を覆いながら見ると、扉の仕組み鍵に不必要なほど大きい閂がはまっているのが見えた。明らかになにかを封じている。

「鏡！　返事をしろ。黄宮調！」

沓で閂を蹴り上げる。しかし熱で傾いだのか、びくともしない。

「老水堂の水鏡！　どうしておまえはそう軽率なんだ！」

扉を正面から櫂で突いた。めりと音がして、木の継ぎ目が少し割れる。

「髪も伸ばさず、笑いもせず、誰も自分を見ていないと思っているのだろう！」

再び勢いをつけ、櫂を扉へ突きだす。割れ目が広がり、閂の支えが外れた。

「だが私は、おまえを見ている！　最初からずっとだ！」

ありったけの力をこめて櫂を押しつけると、扉がそのまま奥へ開いた。

炎が船小屋の中を赤く照らしている。土間の床に、倒れている人影が見えた。

「鏡！」

「おやめください殿下。御体に障ります」

中へ躍りこもうとした文青を、かたわらで宮女が引き留めた。

「うるさい！　この体は、もとより鏡に救われたものだ！」

「本当にそうだったら、あのとき大舟いっぱいに褒美をくれたはず」

はっとなって、自分を押さえている相手を見る。

見物人のひとりと思っていた宮女は、あろうことか水鏡だった。

「子どもだからって足下を見られて、乗り換える前の小舟で十分なくらいしか褒美をもらえなかった。あれじゃ命を救ったなんて言えない」

「鏡、無事だったのか」

顔は煤で、女官服は土で汚れているが、水鏡はいつもと同じ無表情だ。

「無事なのは黄宮調だけで、私は死んでる」

まるで意味が理解できず、文青は目を瞬く。

「中で倒れた人に見えるあれは、ただの養蜂着。でも私ということにして。見物人の位置からは私が見えないから」

つかの間に考え、水鏡の意図を汲み取った。

「それは、下手人を欺くということだな」

「ご明察です、開成王殿下。あとのことは黄宮調に頼んでありますので、しばらく秦野殿に泊めてください」

人目があるときと、頼みごとをするときだけの丁寧な口調だった。

「だが――いや、わかった。鏡、好きなだけ泊まれ」

言いたいことも、聞きたいことも山ほどある。

しかしいまは水鏡の無事を喜んで、説教は明日以降に懇々としよう。

八　黄宮調、開成を訪ねる

富水と比べると、開成はのんびりした街だ。

二大河川が流れているのは同じだが、海からは遠く街は田畑に囲まれている。民の大半は農桑に従事していて、貧しくも生き生きと暮らしているようだ。

――民は指導者に似るとは、よく言ったものだ。

街道を歩きつつ、黄宮調は意を得たりとうなずく。

あの燃えさかる船小屋に、開成王は自ら飛びこもうとしていた。その姿を木陰に隠れて見ていたが、あれこそ従うべき主の姿だと感じる。

ああいう善人は損をしがちだが、そうならないよう粉骨砕身するのが自分の仕事だろう。黄宮調は、それをあらためて自覚させられた。

「いい天気ね。後宮に籠もっていると、こういうのどかさに癒やされるわ」

隣を歩く狸才人が、まるで物見遊山のように言う。

「なぜ狸才人が、私の公務に同行するのですか」

普通、宮女も妃妾も後宮からは簡単に出られない。黄宮調は官吏ゆえのしかるべき外出だが、狸才人の場合は特例中の特例だ。なにしろ誰も咎めない。随行の供も孔娘だけで、相変わらず自由な世婦だと思う。

「水鏡がいなくて暇なのよ。それにしても、あなたこの名簿ひとりで作ったの」

巻物をくるくるとほどき、狸才人が半ばあきれて感心した。

その名簿には、あの場で火事を見物していた者の名が連なっている。船小屋から脱出した際に、水鏡からそうするように頼まれた。

『私は死にましたが、黄宮調だけは石――頭を使って脱出したことにしましょう。火をつけた下手人は、必ずどこかで見ています。誰かは見当がついていますが、証拠が欲しいので見物人の目録を作成してください』

その場で聞きこみして見物人の名を記し、聞きそびれた者には後日ほかの者からあの場に誰がいたかを語らせた。完成した晩の湯は、ことさら身に染みた。

「苦労しましたが、これが私の仕事です」

「証拠馬鹿の性格が役に立ってるわけね」

「なにか言いましたか」

「いいえ、気のせいよ。それにしても驚いたわ。子どもの頃の水鏡が、開成王殿下のお命を救っていたなんて」

その経緯、及び宮中における水鏡の任務も開成王から聞いた。水鏡は姉の死を調べつつ、後宮内で殿下の目を務めているらしい。

「私は気に入りませんね。間接的に利用されていたようなものです」

宮調という職は、内官とも宮官とも違う。独立公正を旨とするのだから、皇族とは私的な関係を持ちたくない。開成王は好人物だと感じたが、そう思う時点で職に対して忠誠を失っているようなものだ。

今後はいっそう距離を置かねばと思うも、船小屋に突撃する開成王の姿が目に焼きついている。父の仇討ちに際して、助力を願えれば頼もしい。そう思ってしまうのは自身の甘さかと、黄宮調にも悩みが増えた。

「ま、堅物のあなたらしくていいと思うわ。ひとまず今回は、友のためにひと肌脱いだってことにしときましょう」

「水夫は友ではありません。友というのは、気の置けない間柄の者です」

油断ならない、かわいげない。慇懃無礼で、不誠実。

証拠もないまま人を脅迫し、証拠が必要ならば捏造する。

黄宮調からすれば、水鏡は存在そのものが許しがたい相手だ。

「水鏡もそう言うでしょうね。でもあなたたち、いい組みあわせよ。実直に証拠を探すあなたと、商売人の目で事件の絵を描く水鏡で」

その通りなのがまた腹立たしい。反目して当然なのに、なぜか互いが目指す落着が同じだ。過程が毛ほども解せずとも、結果はいつも望むものになっている。

かといって、水夫の犬になるつもりは毛頭ない。

今回もあくまで、水蓮の無念を晴らすための行動だ。最近は以前よりも仕事が捗るようになった気がするが、それは自身の成長に違いない。いつか父の仇を討つ際においても、水夫の力を借りるつもりは断じてない。黄宮調はそう思っている。

「ところで、いまから訪ねるのってこの子の実家よね」

狸才人が名簿のひとりを指差した。

「ええ。火事場にいたのは、ほとんどが付近の宮殿のものです。この者だけが、随分と遠くから馳せ参じていました」

「つまり下手人候補ってことよね。でもなんで、実家を訪ねるの」

「真相を知りたいからです。私も水夫も。孔娘、例の物を」

黄宮調が催促すると、孔娘がわたわたと懐を弄る。

「は、はい。ここに」

「相変わらず画がうまいな。これならすぐに判別できるだろう」

孔娘が描いた似顔絵を受け取り、黄宮調は大きな商家の前に立った。

見上げた門には、「甄山楼」と店の名が書かれている。

「これはまた、相当な大店ね」

「競争相手の多い富水から移転して、うまくやったようです。参りましょう」

黄宮調を先頭に、一行は甄山楼の門をくぐった。

九　水鏡、香る

秦野殿の寝室に、丸窓からやわらかい光が差しこんでいる。

水鏡は寝台から身を起こし、うんと背筋を伸ばした。

こんなに朝寝を決めこんだのは、ずいぶんと久しぶりな気がする。

後宮に入ってからは、夜の定例報告があったのでしかたない。

しかし富水にいた頃も、水鏡は人より睡眠時間が少なかった。

水鏡の父は商いがうまくない。そのほうが客に喜ばれるからと、薄利多売の日用品ばかり仕入れる。それを売るのも大変な手間だが、より困るのは売れ残りだ。

港町である富水には、毎日のように新しい品物が入ってくる。父が大量に仕入れた日用品より、安くてよいものが次々に出回る。

おかげで老水堂は在庫の山を抱え、借金が増える一方だ。

しかし水鏡がはちみつなどの高額品を扱うようになって、負債は少しずつ減ってきている。働けば働くだけ利益も出る。そのぶん朝寝を貪る時間は消えたが、父に薄利多売をやめろとは言わない。

老水堂はいつだって、多くの客で賑わっている。大半は裕福とは言えない層の人々だが、みな安いと喜んで商品を買っていく。

高額な品を扱って益を得るのも楽しいが、水鏡もやはり街の人々に喜ばれる商売が好きだった。幸せを配るような父の仕事を童女の頃から見ていたから、水鏡は自分も商人になりたいと思ったのだ。

だからなるべく早く店に戻りたいが、そのためにはやるべきことがある。

水鏡は寝台から下り、辺りを見回した。しかし寝所の主が見当たらない。

「あの、杏宮女。開成王殿下は」

控えていた年配の宮女、杏林に尋ねてみる。

「殿下は朝議にご出席されています。そろそろ退朝される頃かと。お食事をご用意いたしますか。それとも、今朝も浴みますか」

杏林は文青に長く仕えている侍女で、水鏡の事情も知っていた。同じ宮女という立場でありながら、恐縮するほど手厚くもてなしてくれる。

「すみません。お手数でなければ湯を」

こういうときに遠慮をしないのが、商人という生き物だ。今日で死んだことになって二日目。そろそろ黄宮調も開成から戻ってくる。機会は逃さず堪能したい。

「もちろんです。殿下に見える前に、身を清めておきましょう」

顔には出なかったが、心でぎょっとする。

「ええとですね、杏宮女。そういう意味ではなくて」

「そういう意味ですよ。殿下は年頃なのに、ちっとも女人に興味を持たれません。幼少のみぎりから口にするのは、水鏡さまの名前だけ。私はずっとあなたをお待ちしていたんです。あとはこの杏林にお任せください。身分違いの恋であっても、必ずや成就させてみせましょう。さあ」

杏林は有無を言わせず、水鏡を湯に追い立てた。あっという間に服を脱がされ、花湯の中に沈められる。

赤い花弁が浮いた湯からは、椿の香が立ち上っていた。その芳しさと肩にかけられる湯の心地よさに抗えず、水鏡はうっとり目を閉じる。

──妃妾になったら、毎日こんな生活が送れるんだろうか。

もちろん、内官として後宮に暮らすことのつらさは理解している。毎日湯に浸かれる以上に、疲れる生活とわかっている。

それでも体がとろけていくと、ずっとこうしていたいと感じてしまった。水鏡に映る自分の顔も、別人のように弛緩しきっている。

さして贅に興味がなかった身ですらこうなのだ。後宮の女たちが地位に固執し、諍いも辞さないのは当然かと悟る。

「お化粧もしていきましょうね」

ふやけてぼうっとしていたら、いつの間にか化粧台に座らされていた。顔に敷粉をはたかれて、頬やまぶたに紅塗られ、黛が眉を整える。

「それから額の花鈿と、目の横には斜紅です。最後に口紅で唇を小さく見せて」

杏林は楽しげで、水鏡はほとんど人形だった。

「ほら、美人じゃないですか」

見せられた八稜鏡には、妃妾のごときに粧った女人が映っている。美人だなあとしばし眺め、それが自分であることに気づいて戦いた。

「水鏡さま、おきれいですよ。残念ながら服は用意がないのですが、宮女も特別な祭事の際にはこれくらいするものです」

変われば変わるものだと、他人事のように思う。もちろん姉とは比べるまでもないが、それでもそこらの妃妾に自分が混じっていても変ではなさそうだ。

——妙な気分だ。

気恥ずかしいのは間違いない。その上で自分がもう少女ではないと気づかされ、うれしいような、怖いような、言葉にできない複雑な感情があった。

「お帰りなさいませ、開成王殿下」

宮女たちが主人を迎える声がして、水鏡はおおいに慌てた。早く化粧を落とさねばと杏林を振り返ると、すでにその姿が室内にない。

「鏡、起きているか」

やおら現れた文青が、水鏡を見て目を見開く。

「化粧を、したのか」

「すみません、杏宮女に乗せられて。すぐに落とします」

立ち上がろうとすると、文青に肩を押さえられた。

「そのままでいい。その、どうせ部屋からは出ないのだしな」

文青はどこか所在なさげに、水鏡の顔を見たり目をそらしたりしている。

なにか気まずいとうつむくと、自分の襟ぐりが広がっていることに気づいた。董貴妃ほどではないにしろ、胸元が強調されている。杏林の仕業だ。

直すべきか、それはかえって無礼かと逡巡していると、文青が口を開いた。

「その、な、鏡」

「はい、殿下」

「おまえのことを、ちゃんと見ている者もいるぞ」

恥ずかしそうだった文青が、急に真剣な目を向けてくる。

その面差しは六年前よりも立派で、頼もしさを感じた。

けれどあの頃の純粋さも、瞳の奥に感じられる。

その澄んだ目をじっと見ていると、体が吸い寄せられそうになった。

「その、ようですね。おかげで下手人は、私の策にかかってくれました」

落ち着こうと話題を変えると、文青も乗ってくる。

「ああ、船小屋の件は、私も気になっていたんだ。顛末の末しかわからぬ」

ならばと顛を説明する。いま水鏡の隣には姉がいない。それゆえずっと無視されてきた身でも、それなりに人に見られている。考えてみれば当たり前のことだが、水鏡は後宮に入って初めてそのことに気づかされた。

「殿下には軽率だと叱られましたが、私だって学ぶのですよ」

誰かに見られているのであれば、それを利用できると考えた。目立つ行動を重ねていれば、下手人は必ず姿を現すだろうと。あの花舟もその一環だ。入宮前の水鏡であれば、決して思いつかない策だろう。

はたせるかな、下手人はその日のうちに水鏡に会いにきた。

それを受け、水鏡は深夜にひとり下手人の手がかりを探しに出た。

片手に歩き行灯を持ち、懐には金属の得物を忍ばせて。

「なんという無茶を！　鏡は下手人とやりあうつもりだったのか」

「怒らないでください。半分は正解ですが、私に拳法の心得はありません」

だから誘導した。小屋の扉を開け放ち、これみよがしに行灯に火を灯す。よほど勘が悪い者でなければ、水鏡を閉じこめ火を放つことで事故に見せかけられると気づくだろう。

「ですが火を点けられたら、小屋を壊して脱出などできません。とはいえ船小屋の床はただの土。屈んで煙を避けて掘れば、簡単に外へ出られます」

水鏡が用意していた金属の得物は、円匙と呼ばれる土掘りの道具だ。馬采女が使っているものを借りてから、自分の物置きで一度試している。

「あとは火事の行く末を見守る下手人を、遠くから確認するだけです」

すべてを聞き終えた文青は、顔をしかめて額を押さえた。

「いいか、老水堂の水鏡。私が『おまえを見ている者もいる』と言ったのは、そういう意味ではない」

「わかってますよ。黄宮調を巻きこんだことは反省しています」

船小屋炎上の件で唯一の計算外が、黄宮調に尾行されていたことだ。あのお堅い役人が、自分にそこまで関心を持つとは思っていなかった。

「それもそうだが、そうではない」

「『それ』、『そう』、『そう』ではわかりませんよ」

「屁理屈ばかり言うな！　鏡を大切に思っている人間だっているんだぞ。捨て鉢のように、自分を危険に晒すのはやめろ！」

文青に肩をつかまれた。目の前に怒った顔がある。その鼻がひくりと動いた。

「なにやら、よい香りがするな」

「すみません。椿の花湯をいただきました」

昂ぶっていた文青がふいに柔和になり、とうとうくつくつ笑いだす。

「違うな。これは麝香だ。杏林め」

麝香は妃嬪がよく焚く香だ。その効能は詳らかでないが、目的は帝を訪問させるためという時点で推して知るべしだろう。さすがに水鏡も苦笑する。

しばしくすくす笑いあったが、すぐに空気が変わった。

再び文青の眼差しが熱を帯びる。麝香の力か水鏡も目をそらさない。

共寝の意味も知らぬあの頃とは違い、ふたりとも木石ではない。

「待たせたな、水夫！」

黄宮調の声がした瞬間、互いを突き放すようにして文青と離れる。

「あら、どうしたの水鏡。別人かと思ったわ。でもやっぱり私が言った通り、あなた化粧映えするわね。というか、もしかしてお邪魔だったかしら」

黄宮調と共に入ってきた狸才人が、にたりと笑う。

――すさまじきかな、麝香。

まだ触れられた肌が火照っていて、胸の奥にも熱が籠もっていた。

使い方を間違えれば流産を招くというし、この危険な香りは覚えておこう。

「ほう。水夫も色気づく年頃か。まあ明日は水見(みずみ)の宴(うたげ)だしな」

黄宮調は水鏡を見て、勝ち誇るような笑みを浮かべている。化粧映えしたところで自分のほうが美人と言いたいのだろう。その通りなので悔しくもない。

「それで、黄宮調。開成訪問の首尾はどうでしたか」

尋ねると、黄宮調が懐から折り畳んだ紙を取りだす。

「水夫の目論見通り、こいつは偽者だ」

孔娘が描いた下手人の似顔絵は、相変わらず達者だ。

「すべて整いましたね。では明日、水見の宴に参加いたしましょう」

水鏡が言うやいなや、文青が血相を変えた。

「鏡、正気か。おまえは竜船(りゅうせん)の上で、皇太后を刺すつもりなのか」

竜船は輿船よりもよほど大きい、宮殿をそのまま浮かべたような船だ。

巨大な竜船で狛江(びゃっこう)を流れながら、雨季の到来をみなで確認する。それが水見の宴という行事で、陛下はもちろん皇太后や妃妾もすべて参加する。

皇太后は皇帝の実母、すなわち蒼という国の母だ。

そんな相手に牙を剝くということは、国家の転覆を謀(はか)るに等しい。

もしも皇太后に白賢妃と水蓮を害した罪を突きつければ、水鏡はその日のうちに老水堂に帰されるだろう。姉と同じ棺で。

たとえ証拠があっても意味はない。虫は獅子の敵にはならない。皇太后を誅するという大事を成すには、相応の準備が必要だ。過去からすべての罪を詳らかにし、国中の諸侯と官僚の前で裁かなければ無駄死にで終わる。

「いいえ。それを成すのは、未来の殿下でしょう」

水鏡が分をわきまえるとしたら、皇太后にではなく文青にだ。年号が変わるかもしれない大業を、覚悟のない人間が始めるべきではない。

「では鏡は、なにをする気なんだ」

「私はただ、姉という人を知りたいだけです。ですので殿下――」

水鏡はひざまずき、開成王文青に頭を垂れた。

「例のお願い、ここで使わせてください」

十　水鏡、水面を見る

水の後宮につながる狛江の下流は、流路を人工的に制御された運河だ。

運河よりも規模の小さい物が川路であるので、水見の宴に用いられる巨大な竜船は後宮内を通行できない。ゆえに宴は宮城より北、狛江の下流域から城門までの間で開催される。船の接岸などは人力で行うが、基本的には流れるままだ。

竜船は後宮で所有する物ではないので、操舵を担うのは水夫ではなく水軍の兵士たちになる。彼ら目当てで宴に参加する宮女も多い。

「皇帝陛下。万歳、万歳、万々歳」

「皇太后陛下。千歳、千歳、千々歳」

竜船内の広間に、宮女たちの唱和が響いた。

水見の宴とは言うが、水を見ることはほとんどない。歌や踊りの出し物は、すべて船内の広間で行われる。参加者はただそれを見て、ゆったり酒を飲むだけだ。

妃嬪が衣装で火花を散らす宮中行事に比べれば、水見の宴は自由で肩の凝らない気楽な催しと言えるだろう。宮女もときどきは、自由な移動を許される。

「殿下、そろそろ頃あいかと」

水鏡は司舟司の持ち場を抜けだし、上席の文青に声をかけた。

狸才人や黄宮調、それに文青の供として蔡統も一緒だが、いまのところは特に人の気を引いた様子はない。

広間で騎馬民の男子による舞踊が始まったため、衆目はそちらに釘づけだ。

「わかった。参ろう」

文青が立ち上がり、皇太后の下へ近づいていく。

「やあ、文青。楽しんでいるかい。朕は久しぶりに羽を伸ばしているよ」

皇太后のおそばには、当然そのご子息もいらっしゃる。

気さくな口調と裏腹に、国でただひとりしか使用を許されない朕という自称。

文青が拝礼した蒼（あお）き龍袍（りゅうほう）をまとった相手は、蒼の皇帝陛下その人だった。

「それは重畳（ちょうじょう）。兄上もたまには、ごゆるりとなされよ」

水鏡も礼をしながら一歩控え、気取（けど）られぬように様子をうかがう。

この距離で陛下を拝見するのは初めてだ。しかし遠目に見たときと同じく幼い顔立ちで、口調もあって自分や文青より年上とは思えない。

それでいて狸才人いわく女色（にょしょく）を好むらしく、昨今は房事で多忙であるという。こんな子どもがと想像しかけ、水鏡はやにわに頭を切り替えた。

――問題は、陛下がまだお子を授かっていないことだ。

皇后の崩御でふさぎこんでいたとは言うが、それにしたって後継者不在は国家の一大事だ。新たに後宮で諍いが始まるなら、火種はおそらくそこだろう。

「やあ、狸才人まで。今度左宝宮に遊びに行くね」

「はいはい。お菓子を用意して待っていますよ」

話には聞いていたが、狸才人と陛下がここまで気安い関係であることに驚く。先帝の頃から乳母のように接していたというのは、虚妄などではないようだ。

「では兄上、失礼を。私は皇太后陛下に用がありますので」

「母上か。なら文青からも言っておいてよ。朕はもう子どもじゃないんだから、朝議だなんだと、口を挟むのはやめてくれって」

「御意。勅を拝受いたします」

笑って辞去する文青に従い、水鏡も礼をして移動する。

陛下に謁見したというのに、なぜだかあまり緊張しなかった。権力者の恐ろしさというのは、権力自体よりも権力が作る人格にあるのかもしれない。

「皇太后陛下に、ご挨拶を」

先を歩いていた文青が、ひざまずいて拝謁した。水鏡以下も跪拝する。

「みな、お立ちなさい。文青、久しいですね」

椅子に腰かけたこの柔和な人物が、蒼の母なる皇太后だ。四十を越えていながら肌の艶めきは赤子のようで、目元に皺の一本もない。

黒々とした髪は余想想の物かもしれないが、それがまったく浮いていなかった。

皇太后と最初の遭遇は、川路で狸才人と一緒のときだ。皇太后は輿船ではなく小舟に乗り、髪も結わずに質素ないでたちだったのを覚えている。

しかしいまの皇太后は、あのときとはまるで印象が違った。

豪勢な結い髪には宝冠を戴き、華美な衣服はどの妃嬪よりも目立っている。質素な皇太后とどちらが本来かと問われれば、こちらと言える貫禄があった。

「無沙汰をいたしました。長きに渡り、開成の治水に従事しておりましたゆえ」

文青の横顔に、わずかだが緊張が浮かんでいる。

皇太后は子息の文緑を帝位に就けるため、躊躇なく妃嬪を除いた冷血の母と噂されていた。皇太后と親しい狸才人には眉唾のようだが、逆に文青は自らの母を殺めた首謀者と信じて疑っていない。

「然様ですか。今後も陛下と民のため、その身を尽くしてちょうだいね。あら、狸才人も一緒なの。この間は楽しかったわね」

「本当に楽しかったですわ。またいずれうかがいます」

狸才人は珍しく口数が少ない。これから起こることを把握しているのだから、友のように接している身としてはつらいだろう。

「今日はいい日和ね。みんな、宴を楽しんでちょうだい」

こんな風に穏やかな皇太后を見ると、文青はいつも考えが揺らいだという。過去には悪事を働いたかもしれないが、いまは改心しているのではないかと。

ゆえに文青は即断せず、ずっとその目で皇太后を観察していた。忍んで力を蓄えながら、虚実をしっかり見極めていた。いつかくるであろう機に備えて。

だから文青は、水鏡の願いを断ってもよかった。迂闊に手を出せばこれまでの苦労が水泡に帰すのだから、むしろ断ってほしかった。

けれど文青は、いまこうして皇太后と向きあっている。

「ところで、皇太后陛下。お耳に入れたいことがございます」

「おや、なんですか文青」

「ここでは少々はばかられますので、甲板へ出て水を見ませんか。侍女たちも一緒で構いません」

皇太后の瞳に、わずかに懐疑の色が浮かんだ。しかし水見の宴では、喧噪から離れるためにこうした誘いをしてもおかしくはない。

「わかりました。甲板へ参りましょう」

皇太后と侍女たちが、思惑通りに水場へ出てきてくれた。

竜船は面積の大半を建物が占めているので、甲板自体はそう広くない。自然とみなが船縁（ふなべり）に立つので、水面にはその顔が映る。

水鏡が人の顔色をうかがうのに水面を見るのは、船民の生きる知恵だ。心を読むような仙術を使っているわけではなく、光や影といった情報を遮断し、視線を相手からはずすことで、顔色から必要な情報だけを抽出する。大昔の外寇（がいこう）、すなわち海賊が多かった時代には、そんな風に相手を見定めるしかなかったのだ。

「ああ、いい風ですね。それで、文青。どんなお話ですか」

水面に映る皇太后の顔に、不安の相は浮かんでいない。悪事の覚えがないのでなければ、よほど精神が強靱（きょうじん）なのだろう。

しかし引き連れてきた宮女のひとりは、明らかに動揺している。死んだはずの水鏡が顔を見せたのだから当然だ。鉄の心を持っていそうな皇太后はともかく、下手人の動揺はすべて水面に映る。

「先日、川路で宮女がひとり亡くなりました。その下手人と思しき者が、皇太后陛下の侍女の中にいます」

文青が語った途端、皇太后の眦（まなじり）がわずかに上がった。

「まあ。同職を殺めるような不届き者が、この中にいるというのですか」

「然様です」

「恐ろしいこと。ここに宮女を殺めた者はいるのですか」

皇太后がやんわり問いかけたが、もちろん誰も声を上げない。

ただひとり、下手人だけが水の色以上に顔を青ざめさせている。

「いないようですね。ところで文青。なぜ王のそなたが、下手人捜しをしているのですか。それはそこなる宮調の仕事では」

控えていた黄宮調をまじまじと見て、皇太后は首を傾げる。

「その亡くなった宮女は、私が大恩を受けた者の姉なのです。事件を吟味したのは黄宮調ですが、恩人のためならばと私もひと肌脱いだ次第。つきましては、この場で容疑のかかっている宮女に聴取する許可を願います」

文青が深々と頭を下げたので、黄宮調と水鏡も倣った。

「わかりました。どうぞご随意に」

皇太后がうなずいて、甲板に用意させた椅子に腰を下ろす。

「黄宮調、始めてくれ」

文青に呼ばれ、黄宮調が前へ出た。

「甄蘭、ここへ」

黄宮調が名を呼ぶと、ひとりの宮女が困惑の様子で現れる。

「どうして、私なのですか」

富水の出身で、姉の幼馴染みだったという宮女。

甄蘭と水鏡は董貴妃との悶着後に初めて会い、自分のことを覚えているかなどと会話した。その後に水鏡が花舟で流れた際にも、心配して顔を見せている。

「先日、秦野殿対岸の船小屋で火事があった。場所が場所だけに、火事を見た人間は多くない。ほとんどは東宮の宮女と宦官たちだ。しかし甄蘭はあの現場にいたと、複数の者が証言している。貴様はなぜ火事場にいたのか説明できるか」

「その、寝つけず散歩していただけです」

「皇太后陛下の大和殿から舟を漕ぎ、長時間をかけてあの場所へか」

「私は船民ですので、漕ぐのが好きなのです」

残念だが、その言い訳は通らない。最初に甄蘭と会った別れ際、水鏡は送ってあげればよかったと感じた。素っ気ない対応をした詫びのつもりだったが、後から考えると船民相手にそう思った自分が不思議でならない。

いまとなっては、その理由もはっきりとわかる。

「そのわりには、操船が下手ですね。甄宮女は、本当に船民ですか」

水鏡が口をはさむと、甄蘭が憎々しげににらんできた。

「ひどいじゃない、水鏡。私はお姉さんの友だったのに」

「すみません。あいにく甄宮女を覚えていないもので」

「だから、私は小さい頃に富水から開成に移ったと言ったでしょう」

それは以前に聞いていたので、黄宮調に調べてもらった。

「たしかにそうだな。甄家は富水では雑貨商だったが、開成に移って甄山楼という大店になっている。貴様はそこの次女だと、この謄籍にはあるな」

黄宮調が巻物を広げる。水鏡は甄蘭の名だけは覚えていた。なのに商売敵だと記憶していなかったのは、甄家が開成に移ったからだけではない。

「その通りです。私の実家は開成ですが、生まれは富水。つまり船民です」

「それを吟味すべく、私は貴様の実家を訪ねた。これを持ってな」

謄籍にはさんでいた紙を広げ、黄宮調が衆目に見えるよう掲げた。

「まあ、そっくりね。どういうことかしら」

孔娘の画と実物の甄蘭を見比べ、皇太后が驚いた素振りを見せる。

「恐れながら皇太后陛下。甄山楼の当主は、画を見てはっきり否定しました。『この者は娘に非ず』と。そして呼んでくれました。本物の甄蘭を。美しい娘でした」

皇太后の侍女たちがざわつく。

そもそも大店の娘なら、朝廷の使いに賄賂を贈って招集を断るか、陳宝林のように妃妾として入宮する。そうしなかった理由を偽者は言えないだろう。

「ち、違います。私こそが本物の甄蘭です」

どうにかそれだけ答えた偽甄蘭が、何者なのかは定かでない。後々には判明するだろうが、いまは正体不明の人物と印象づければ十分だ。

「甄宮女。あなたは私の姉、司舟司の宮女だった水蓮を殺めましたね」

動揺の頂点にいる甄蘭に、水鏡は一気に畳みかける。

報告が相次いだ鳳凰の正体が、伝説の毒鳥であること。

その鴆を捕らえるべく、養蜂着を拝借したこと。

あの船小屋で橙色の羽毛をむしったこと。

夜半に橋の上から、舟を漕ぐ姉に毒の羽毛を降らせたこと。

それが鴆の羽根であることを悟られぬよう、馬采女の庭から凌霄花を手折って水蓮の亡骸を埋めたこと。

反論の隙を与える間もなく、水鏡は一気にまくし立てた。

甄蘭は鯉のように口を開閉していたが、ようやく声をしぼりだす。

「わ、私は殺してない。どうして私が、幼馴染みを殺す必要があるの」

それは誰が命じたかによる。甄蘭はこの通り、皇太后に仕える侍女だ。黄宮調の報告では、皇太后が水蓮を殺した動機は『白賢妃の幽鬼に見えた』ということになっている。はたしてそんな他愛ない理由で殺されるほど、宮女の命は軽いのか。

悲しいかな。実際の動機はもっと軽い。

「私が水蓮の妹だと宮中に知れ渡ったとき、あなたはすぐに会いにきましたね。そしてたしかめるようにこう言いました。『私のことを覚えているか』と」

「当然よ。だって私は、あなたのお姉さんの幼馴染みなんだから」

出自を否定されてなお、偽の甄蘭は強気だ。

「ですが私は、甄宮女の顔を覚えていませんでした。商人だから記憶力はいいんですけどね。規模は小さくても商売敵ですし」

「あなたは幼かったから、しかたないわ」

「しかたなくないんですよ。それじゃ商売に差し支えます。だから私はこう思いました。私があなたの顔を覚えていないのは、忘れたのではなく知らないからだと」

すでにわかりきっている事実なのに、偽甄蘭はびくりと体を震わせた。

「あの日、あなたは確認しにきましたね。私が『甄蘭』の顔を覚えているか」

そこで皇太后が穏やかに口を挟む。

「こなたには難しいわ。水鏡とやら、もっと率直に申してちょうだい」

「では簡潔に。姉は優しい人でした。後宮に幼馴染みがいると知れば、喜んで会いにいったでしょう。そして姉は困ったはずです。なぜなら知っているはずの甄蘭が、別人になっていたのですから」

「私は、本当に……」

「あなたが何者かは、この際どうでもいいです。姉の水蓮は、あなたが甄蘭の名を騙る偽者だと気づきました。そこで問います。私の姉は、あなたの正体を暴こうとしましたか。あなたが偽の甄蘭であることを咎めましたか」

偽甄蘭は答えない。水面の顔には、いまさらの後悔が浮かんでいる。

「私の知っている姉なら、あなたを問い詰めなかったはずです。きっと事情があるのだろうと、素知らぬ顔をしてくれたのではないですか」

姉を真まで知らずとも、その様子だけは容易に想像できた。

「なのにあなたは、表沙汰になるのを恐れて姉に鴆の羽根を降らせた。姉はあなたのことを咎めなかったのに、身勝手な思いこみで殺めた！」

悲しすぎて口調が強まった。落ち着くためにひとつ呼吸をする。

「そしてあなたは水蓮の妹が入宮したと知ると、その行動も監視しました。いよいよとなった際には、船小屋に閉じこめて焼き殺そうとしましたね」

宮女の命は軽い。それは事実を超えた常識だ。

だから宮女自身も、同じ宮女をためらいなく殺せる。

悲しいことだが、これこそが後宮の闇だ。秦野殿に身を隠していなければ、偽甄蘭は間違いなくとどめを刺しにきただろう。

「私は後宮に入ってから、多くの人に軽率な行動をたしなめられました。ですが一番軽率なのはあなたです。嘘を重ねるためだけに姉を殺すあなたが、鴆の羽根を用いる周到な計画を練ったとは思えません」

そこまで言って、水鏡は文青を見る。

文青がうなずき、顔に勇ましさをたぎらせた。

「皇太后陛下。こちらに見覚えはありますか」

文青が懐から、あの羽毛扇を取りだした。もちろん毒の羽根は取り除いてある。

伊登によると、鴆の羽根は触れても手が痺れる程度らしい。口の中に入る、あるいは水に浸して初めて魚をも殺す劇物となるそうだ。

「いいえ、ありません。文青、その羽毛扇はなんなのですか」

「この羽毛扇は、皇太后陛下の名で白賢妃にお与えになったものです。吟味したところ、一部に鴆の羽根が用いられていました」

水鏡は水面に目を凝らしている。

「なんと。白賢妃の病は、甄蘭を騙る者の仕業だったということですか」

口調こそ驚いていたが、皇太后の表情はまったく変わっていない。

「その者は、こなたと同じ甄姓であるからと、大和殿への配属を自ら志願してきたのです。おそらくは、朝廷の転覆を企図する輩の手先でしょう。こなたに罪をなすりつける算段ですか。ならば問います。甄を騙る者。そなたの主は誰ですか」

皇太后が温和な態度で問い詰める。

偽の甄蘭は口を開け閉めしているが、そこから声は出てこない。

「口をつぐみますか。ならばいたしかたありません。親兵たち、いますぐこの者の首を晒しなさいな」

しとやかな声音に不釣りあいな言葉に、太陽の下でも寒気を覚えた。

「なんで、私は、ちゃんと、許可もいただいたのに――」

「こなたは許可などしていませんよ。親兵、早くなさいな。この者が二度と口を利けないよう、喉を裂いてね」

偽甄蘭の言葉をかき消すように、皇太后が出入り口の親兵に命じる。

「あれが、本性なのね」

誰に言うでもなく、狸才人がぼそりとつぶやいた。

「お待ちください、皇太后陛下」

親兵たちから守るよう、文青が偽甄蘭の前に立ちふさがる。

「陛下はこの者と、関わりがないとおっしゃるのですか」

「無論です。疑うのですか、文青」

文青とその仇敵が対峙した。互いの視線が交錯する。

いま文青は、母や叔父のことを考えているだろうか。

長年の恨みをここで晴らそうと、脳裏によぎっただろうか。

少年の頃ならそうしたのかもしれない。しかしいまの文青は開成の王だ。

「いいえ、重畳です」

文青は邪気のない顔で、にっこりと笑った。

「皇太后陛下はきっとそうおっしゃると思い、わざわざ甲板へご足労いただいた次第です。此度の騒動は誰にも見られておりませぬゆえ、どうぞ中へお戻りください。そろそろ雷淑妃の箏が演奏される頃あいです――検束せよ」

文青が片手を上げると、蔡統ほか控えていた宦官がやってくる。

「いまこの者を殺せば、逆に皇太后陛下を怪しむ輩も出てまいりましょう。この者の身柄は私が預かります。追って陛下の潔白を証明させましょう」

皇太后はしばし沈黙し、やがてゆっくり口を開いた。

「文青、此度はご苦労でした。後に褒美を取らせましょう」

あくまで悠々とした態度で、皇太后が船内に戻っていく。

その姿を見送ったのち、文青は大きく息を吐いた。

「母を失い、叔父を殺され、ここまでくるのに六年かかった」

長かったと、開成の王は遠い空を見つめる。

「だが、やったぞ。鏡のおかげで、切り札が手に入った」

切り札とは、偽甄蘭のことだ。命令を下すだけの首謀者の罪を暴くには、とにかく証言をする人間を多く集めるしかない。

ゆえに今回の目的は、皇太后に偽甄蘭を殺させないことだった。

偽甄蘭の罪を暴けば、主たる皇太后は立場的に処罰せねばならないだろう。しかし皇太后が陰謀の首謀者であるなら、それはむしろ好都合だ。だからあえて衆人環視の前で、偽甄蘭とは無関係という皇太后の言質を取ることにした。

皇太后が偽甄蘭を殺すことが、かえって不利な状況を作る。そうすることで目の行き届く獄に匿い、下手人の口封じを防ぐ。それが水鏡の筋書きだった。

「この調子で証人を確保してゆけば、いつかは皇太后に誅を下せるだろう。蔡統、牢（ろう）の警備は厳重にな。賄賂を受け取る獄吏は、全財産を没収すると伝えよ」

文青はよほどうれしいらしく、まばゆい笑顔を見せていた。

けれど、ずっと水面を見続けていた水鏡は思う。

――腑に落ちない。

その違和感が正しいことは、その日のうちに証明される。

偽の甄蘭は、牢へ連行される途中で息を引き取った。

十一　水鏡、後宮に流れる

水見の宴から一夜が明け、水鏡は茶房宮の円卓に座っていた。

眼前に数ある蒸籠の中から、まずは蝦餃子（えびぎょうざ）を箸でつまむ。

飲茶における点心の中で、頂点を決めるなら間違いなく蝦餃子だろう。

中身が透ける水晶のごとき白い皮。蝦と筍という龍虎のごとき王者の具。

包んで蒸すだけの単純な料理だが、ゆえに厨師の技術が如実に出る。

「いただきます」

歯を立てると、まず皮のもちもちした食感が楽しめた。

次に熱い出汁に包まれた蝦が、ぱりっと音を立てて弾ける。

口の中は凝縮された旨味で満たされ、水鏡は海に思いを馳せて目を閉じた。

「まさに恍惚の表情だな。いまなら鼻をつまんでも気づくまい」

胡乱な目つきの黄宮調が、水鏡を見て鼻で笑う。

「いつものことよ。こっちは勝手に話しましょう」

慣れた狸才人は、水鏡を放っておいてくれた。

「黄宮調。昨日の偽甄蘭だけど、自分で毒を飲んで死んだってことかしら」

「牢へ連れていこうとした宦官たちが、目を離した一瞬の隙だそうです。現場には橙色の羽毛が入った瓶が転がっていたと聞きました。おそらくは鴆の羽毛を浸した酒を飲んだのでしょう」

ようやく皇太后を追い詰められると思った文青は、また振りだしに戻った。六年分の心中を思うと心苦しいが、起こってしまったことはどうしようもない。

「あら。水鏡の箸が止まったわ」

「ですが、すぐさま馬拉糕を手に取りましたよ」

馬拉糕は南方由来の、小麦粉を蒸して作る焼き菓子だ。ふわふわとした食感で、その色あいも独特で面白い。味はほんのり甘く、かつこってりとした旨味もあり、ついつい食べすぎてしまう点心と言える。

「今日はよく食べるわね。食べ納めのつもりかしら。薄情な子」

「水夫は商人ですからね。我々に感謝しても儲けになりません。すでに心は後宮の外にあるのでしょう」

あまりのひどい言われように、さすがの水鏡も自制した。

「すみません。お二方には心から感謝しています」

食べかけの馬拉糕を置き、しずしずと頭を下げる。

「ほう。なにを感謝している。言ってみろ、水夫」

「おいしい春巻きをごちそうさまでした」

「貴様というやつは」

黄宮調が鼻を鳴らしたが、今回は目が笑っていた。

「もちろんそれだけではありません。おふたりの力がなければ、私は姉のことを理解できないままでした。ことさらの厚恩を感じています」

拱手して礼をする。しかしすべてが本当の気持ちでもない。もちろん感謝はしているが、水鏡は姉を理解できたとは思っていなかった。

いまだ名前すら判明していない偽宮女は、己の保身のために水蓮を殺している。結果だけを見れば、姉の死に深い意味などなかったということだ。

それでも不条理の向こうに、理があってほしかった。姉がなぜ輿入れを放棄してまで入宮したのか、いまだ片鱗(へんりん)すらも感じ取れない。同じ物置きで暮らし、同じ花舟で流れたけれど、結局はなにも理解できなかった。

――でも、それももう終わりだ。

少なくとも、姉は事故死ではないと判明した。無意味な死ではあるけれど、姉はやはり姉らしかったとわかった。これ以上、水鏡が後宮にいる意味はない。

「水鏡、いつ後宮を去るの」

狸才人が箸を置き、部屋の入り口で涙目になっている孔娘を見て笑う。

「二、三日後でしょうか。入るよりは、出るほうが面倒だそうです」

水鏡は文青の口添えで入宮した。出る際も同じくで、ほかの宮女と違ってのっぴきならない事情は必要ないらしい。しかし形としては「追放刑」になるらしく、その手続きに数日かかるとのことだった。

「じゃあ盛大に送りだしてあげないとね。孔娘、いらっしゃい」

涙顔の孔娘がやってきて、水鏡の腕にすがりついた。

「姐さま、本当に去ってしまわれるのですか」

「もともと姉の死の真相を知るのが目的だったし、私は商人だから」

こんな風に自分を慕ってくれる孔娘を見ると、いくらか後ろ髪を引かれる。

後宮の中で水鏡は、自分自身を見てもらえた。

理不尽に対して感情が動くこともあったし、喜びが顔に出ることもあった。

市井に友人などいないが、ここでは少し好きな人たちができた。

「最後というなら、餞別に作ってやってもいいぞ。市井で私の春巻きを思い返し、よだれを垂らしてのたうち回るがいい」

水鏡と同じくらい偏屈だけれど、黄宮調は芯と自信を持つ人だ。

「いいことを思いついたわ。宮中でなにか事件が起こったら、水鏡に手紙を書けばいいのよ。あなたは答えを書いて送り返して」

無理難題ばかり押しつけるけれど、狸才人は誰にでも母のように優しい。

そしてこんな風になついてくれた孔娘も、意地悪だけど憎みきれない崔鈴も、水鏡自身を見てくれたという意味では、みんな市井で得がたい関係だ。

後宮を出てしまえば、その人生が交わることは二度とない。

——二度と、交わらない。

そう思っていた筆頭が文青だ。姉の死がなければ、幼い頃にただひとり得た友人と再会することはなかっただろう。その意味では姉の死も無駄ではない。

だが王たる文青と、商人である水鏡は、今後は別の世界で生きていく。

入宮前に戻るだけで、別に悲しむようなことではない。もとより身分が違うのだから、つかの間に再会できたことを喜ぶべきだ。

「水鏡、殿下にきちんと別れの挨拶はしたの」

狸才人に尋ねられ、そういえばと思う。

「まだですが、最後の日に会うことになると思います」

文青は水鏡の雇い主なので、金銭の受け取りなどが残っている。間諜として働いた期間は短いが、借金返済の足しにはなるだろう。

思えば後宮に入ってからは、毎夜のごとくに秦野殿を訪ねた。宮中で得た情報を報告するためだったが、文青がなにより喜んだのは水鏡の日常だ。

狸才人に引き回された結果とは言え、水鏡は宮女たちの命を救っている。そういった不本意な活躍譚を文青はせがみ、寝台に腰かけながら手をたたいて笑った。

あの時間は水鏡にとっても楽しかったと、いまになって思う。

「最後の日って、そんなんじゃ長く話せないでしょ。いまから殿下と一緒に舟に乗って、ちょっと散歩でもしてきなさい。今日もいい天気よ」

狸才人がむっとしつつ、左宝宮の外に箸を向けた。

「ですが、別に話すこともないですし」

「山ほどあるでしょうが」

昔話を含めればそうだろう。文青はただひとりの友と言える存在で、あの三日間の旅は水鏡の中でも楽しい思い出だ。しかし新しく伝えるべきことはない。

あとは少しばかりの感謝を述べ、またと約して二度と会わないだけだ。

「やっぱり、ないと思います」

「私はあるぞ。狸才人の言った通り、山ほどな」

声に振り返ると、部屋の入り口に蔡統を従えた開成王が立っていた。

立ち上がって挨拶しようとする一同を制し、文青が口を開く。

「鏡、少し水に流されよう」

水見の宴が終わったならば、雨季に入ったということだ。

しかし今日は日柄もよく、川路を下ると風が草いきれを運んでくる。

馬采女の庭には、文青の袍と同じ色の紫陽花が咲き始めていた。

この美しい景色が見納めだと思うと、名残惜しさか櫂を持つ手が止まる。

「どうした、鏡。水音がしないぞ」

「殿下、本当に輿船でなくてよかったのですか」

水鏡が漕いでいるのは、いつもの小舟だ。陽射しを遮る輿もないし、気高い顔を隠す御簾もない。皇太弟には似つかわしくない散歩だ。

「輿船では、鏡の顔が見えないだろう」

「いまの時点で、見えないと思いますが」

文青は舟の中程に座っている。艫に立つ水鏡からはその背中しか見えない。

「見えないが、感じる。六年前と同じだ」

昔話が始まるかと思ったが、文青はいまを語りだした。

「あの偽宮女の死で、皇太后の罪を暴くことができなくなった」

後ろから見た文青の肩は、怒りを抑えるように上下している。

「死なないように手はずを整えたのに、まことに残念です」

「鏡。あの宮女は皇太后に命じられ、白賢妃の羽毛扇に毒を仕こんだと思うか」

水面に映っていた顔を思いだし、水鏡は深く息を吐いてから答える。

「いいえ」

皇太后が処刑を命じた際、偽の甄蘭はこう言っている。

『なんで、私は、ちゃんと、許可もいただいたのに――』

あのとき水鏡は、水面を見つめていた。だからはっきりとわかる。

偽甄蘭は、あの言葉を皇太后に向けて言っていない。

顔こそ皇太后と向きあっていたが、言葉は別の誰かに放っていた。

「私もそう思う。皇太后が首を晒せと言った時点で、あの偽宮女は死を覚悟したはずだ。なのに皇太后に命じられたと、我々に泣きついてこなかった。船小屋のつけ火を考えると、単純な思考の持ち主だ。毒で自らの口を封じる気位もないだろう。あの宮女は、皇太后以外の誰かに殺されたんじゃないか」

刀を持てと命じながらも、皇太后は文青に請われて引き下がった。いつでも処分できると考えていたのかもしれないが、牢へ連行する途中はあまりに早すぎる。一度引き下がった意味がない。

「鏡」

文青が振り返った。

「私の母や叔父の件で、皇太后の疑いが晴れたわけではない。そちらはそちらで皇太后の仕業だと、私はいまも思っている。だが白賢妃に関しては、別の者が別の理由で命じたと考えるべきだろう。偽の宮女は、その黒幕が口封じで殺したはずだ」

「私も同じ見解です。おそらくは黄宮調でも、宮女に対する口封じの証拠を見つけるのは骨でしょうね」

「ああ。だが鏡のやるべきことは終わった。あとは私がなんとかする。私が鏡に伝えたかったのは、それだけだ」

文青は舳先へ向き直ったが、背中で言葉を続ける。

「六年ぶりに鏡と再会できて、私はうれしかった――いや、すまない。鏡にとっては喜ばしいことじゃないな」

「いえ、私も大慶でした。お手当てをたくさんいただけましたし」

もう数日もすれば、水鏡は富水に戻る。姉の無念は晴らせたと父を慰め、またふたりで商いをする。老水堂を大店にすることを夢見て。

これまでずっとそうしてきた。これからも、そうしていくだけだ。

「すまない。偽った。本当はもうひとつ、鏡に伝えたいことがある」

「なんでしょうか」

「言葉で伝える自信がない。そっちへ行く」

文青が立ち上がり、艫に近づいてくる。

赤みの差した手が伸びてきて、頬にひたりと触れた。

澄んだ瞳がこちらを見たかと思うと、ふいに表情が不安に翳る。

「鏡、大丈夫か」

「なにがですか」

「いまにも泣きそうな顔をしているぞ。あの日と同じだ」

文青が言っているのは、姉の亡骸を届けにきた日のことだろう。

姉の訃報を聞いて、水鏡はずっと真っ暗な闇の中にいた。商売に身が入らず、気がつけば泣いていて、心も体も使い物にならなかった。

「意外ですか。私にだって感情はありますよ。別れは寂しいです」

「そうやって憎まれ口をたたいたり、幽鬼を本気で恐れたり、鏡は感情がないわけではない。飯を食うときと、儲かったときも笑う。それは狸才人や黄宮調も見ているだろう。だがいまの表情を、私以外に見せたことがあるか」

水鏡は水面を見つめた。水の鏡に映る自分は、いつもと変わらない。

けれどいま心に抱えている感情は、いままでまったくなかったものだ。

自分でも把握できていない心の中を、文青だけが察知している。

「私はいまも、姉という人がわかりません」

渦巻く感情の中から、どうにかそれだけすくい取った。

「人間だからな。姉妹であっても、すべてを理解することはできないだろう」

「私は姉が殺された、本当の理由を知りたいのです」

「鏡。水蓮が殺された理由に、水蓮の心は関係ない。それを認めたくない気持ちはわかるが、下手人は死んだ。この件はもう落着なんだ」

「姉さんは、輿入れを放棄して入宮した。その理由が、私にはわからない」

気づけば開成王ではなく、文青に話す口調になっている。

「それは鏡を愛するゆえだろう。知っての通り、後宮は華やかな印象とは裏腹に苦しみの多い場所だ。愛する妹を行かせたくはあるまい」

「姉さんはなぜ、そこまで妹を愛したの。私が姉さんほど器量に恵まれていなかったからでしょ。私が不憫だったからでしょ。私が――」

さっきまで明るかった世界が、ふいに真っ暗になった。

闇の中でなにも見えない。うるさいほどの静寂に包まれて音も聞こえない。

けれど遠くに、あたたかい光が灯っているような気がする。

そこへ手を伸ばすと、ささやくような「声」がかすかに聞こえた。

「鏡、もう自分を責めるな！　姉が死んだのはおまえのせいじゃない！」

文青に揺さぶられ、闇の中から現実に戻る。

「……開成王殿下、本当に私のせいじゃないかもしれません。『声』です。『闇の中の声』です。姉の死の真相は、まだ少しも判明していません」

あの闇の中で感じた光こそが、姉そのものなのだと思う。

まだその光に触れることはできないが、きっと導かれてはいる。

「鏡、落ち着け。『声』はおまえの願望だ。耳を貸すな。現実を見ろ」

「現実を見たがゆえです。先ほど殿下はおっしゃいました。偽宮女は口封じのために殺されたと。真に白賢妃を殺めようと画策した者に」

「ああ、言った。あの宮女は偽の誊籍で入宮しているからな。誰かの手引きがあったことは間違いない」

「しかるに偽甄蘭は、初めから暗殺のために雇われたのでしょう。ですがその標的が白賢妃だとしたら、彼女は最悪の失敗をしています」

半端に毒を盛ったことで、白賢妃は床に臥せった。そのせいで、とどめを刺すこともできなくなった。ただの暗殺失敗ではすまない状況だ。

「なのにあの宮女は、水見の宴まで生きながらえていました。首謀者に生かされていたということです。しかし二度目の失敗、すなわち花舟の真相が判明すると、たちどころに殺されました。このことで考えられる可能性はふたつです」

「用済み、ということではないのか」

「ひとつひとつ考えましょう。まずは彼女には、ほかの仕事があった可能性です」

「ほかの仕事、つまり暗殺か」

「はい。宮中で誰かを殺すなら、その相手に仕えるのが一番手っ取り早いです」

文青の顔が瞬時に強ばる。

「まさか……皇太后か！　あの宮女の標的は、皇太后だったというのか！」

「殿下、お声が大きいです」

周囲に舟は少ないが、後宮はどこにでも人目がある。

「だとすると、私は皇太后の命を救ったというのか。なんという皮肉だ。いや、これでよかったのか」

文青が口を塞ぎ、小声でつぶやいた。六年越しの仇討ちは、皇太后が死ねば達成されるというものではないのだろう。

「それで、鏡。あの者が生かされたふたつ目の可能性は」

「あの偽宮女は、自分が甄蘭ではないと証明できる姉に会いました。そこで殺さねばと、裏で糸を引く者に相談します。これが花舟事件における動機で、偽宮女が口にした『許可もいただいた』でしょう。でも、おかしいと思いませんか」

「ああ。たびたび話題に出ているが、直情的な人間にしては水蓮も白賢妃も、殺し方が込みいりすぎている。あの宮女は鏡を単純に焼き殺そうとした」

「そうです。そこで私は、黄宮調の調べを思い返しました。庭の凌霄花が盗まれたと気づいた馬釆女は、夜半の『声』で目覚めたと言っています」

下手人であれば、なるべく人目を忍びたいだろう。花を手折るにはさしたる気合いも必要ない。つまりその『闇の中の声』が、独りごとである可能性は低い。

「偽宮女が、誰かと会話していたということか」

「であれば考えられるのは、首謀者が直接に殺し方を指導したということです。それだけその人物は、花舟事件の発覚を恐れたのでしょう」

「だから真相が解明された途端、偽宮女は口封じで殺されたのか」

「だとしたら、首謀者はもっと早くに偽宮女を殺すべきでした。さすれば事件はまさしく闇の中です。ではなぜそうしなかったのか」

それこそが、偽宮女が生きながらえていたふたつ目の理由だ。

「花舟の真相がすべて判明した後で下手人を殺す意味——か。本命の皇太后を殺せなくなったから、というのとは別の可能性だな」

「はい。きっと首謀者は、船上で偽宮女を糾弾する私を嘲笑っていたでしょう。偽宮女が姉を殺した動機が、確たるものになればなるほどに」

「動機が確たるもの……そうか！　偽甄蘭が水蓮を殺した理由と、黒幕が水蓮を殺させた本当の動機は異なる。鏡はそう言いたいんだな。だから花舟の真相、とりわけ偽宮女が水蓮を殺した動機が判明するまで、あの者は生かされていたと」

花舟の真相が暴かれるやいなや、下手人の動機という確たる証拠を用いて真の動機を上書きする。これこそが、首謀者が隠蔽したい真実に相違ない。

「だから、まだ終わっていません」

「鏡、まさか後宮に残るつもりか」

そうしたところで、姉のことはいま以上にわからないかもしれない。

最悪の場合、黒幕たる首謀者から命を狙われるかもしれない。

それ以前に、隠された真実など商人が屁理屈をこねた願望の産物かもしれない。

けれど、水鏡はうなずいた。

「鏡、考え直せ。ここは後宮だぞ。宮女にとってはつらいことしかない」

「文青の目からはそう見えても、私には楽しいこともあったよ」

見上げた雲が、馬拉糕に似た形をしている。

それを一緒に食べた人々は、水鏡のことをきちんと見てくれた。

心配をかけると怒り、泣き、そして抱きしめてくれた。

「珍しいな。飯も儲けもないのに、鏡が笑っている」

「儲けはちゃんと考えてるよ。姉の件は半分片がついたから、これからは文青の間諜として働くことが増える。開成王殿下、手当は倍を所望します」

文青が呵々と笑った。

「ちゃっかりしている。さすがは老水堂の水鏡だ」

「ところで文青。さっき言ってた、『伝えたいこと』ってなに」

「それはもういい。忘れてしまった」

水鏡はふうんと興味のないふりで、水面に浮かぶ文青の顔を見つめる。

澄んだ水と同じく、その表情には曇りがない。

先の『言葉で伝える自信がない』とは、どういう意味だったのだろうか。

「鏡、見ろ。夏がくるぞ」

文青が遠くの入道雲を見て、王らしからぬ声ではしゃぐ。

水鏡はそうですねと受け流し、舟をゆっくり漕ぎ始めた。

頭の中では、父に書く手紙の文面を考えている。

まずは姉の死の顛末をすべて伝えよう。

次いで商売のこつも書き記そう。少しでも借金は減らしておいてほしい。

最後にもう少しだけ帰るのが遅くなると、謝罪の言葉をしたためよう。

「水鏡、ちょっとたいへんよ！」

左宝宮の石段を、狸才人が駆け下りてきた。

「まったくたいへんではない。貴様の出る幕はない」

黄宮調も一緒にいるので、たぶん厄介事が起こったのだろう。

「少々お待ちを」

舟の舳先を左宝宮に向け、大きく左右に櫂を動かす。

桟橋で待つ人々を見ながら、水鏡はふと髪を伸ばしてみようかと思った。

<初出>
本書は書き下ろしです。

この物語はフィクションです。実在の人物・団体等とは一切関係ありません。

【読者アンケート実施中】

アンケートプレゼント対象商品をご購入いただきご応募いただいた方から抽選で毎月3名様に「図書カードネットギフト1,000円分」をプレゼント!!

https://kdq.jp/mwb

パスワード
kwfks

■二次元コードまたはURLよりアクセスし、本書専用のパスワードを入力してご回答ください。

※当選者の発表は賞品の発送をもって代えさせていただきます。 ※アンケートプレゼントにご応募いただける期間は、対象商品の初版(第1刷)発行日より1年間です。 ※アンケートプレゼントは、都合により予告なく中止または内容が変更されることがあります。 ※一部対応していない機種があります。

メディアワークス文庫

水の後宮

はとみ
鳩見すた

2021年９月25日　初版発行
2024年６月15日　４版発行

発行者　山下直久
発行　株式会社KADOKAWA
〒102-8177　東京都千代田区富士見2-13-3
0570-002-301（ナビダイヤル）
装丁者　渡辺宏一（有限会社ニイナナニイゴオ）
印刷　株式会社KADOKAWA
製本　株式会社KADOKAWA

※本書の無断複製（コピー、スキャン、デジタル化等）並びに無断複製物の譲渡および配信は、
著作権法上での例外を除き禁じられています。また、本書を代行業者等の第三者に依頼して複製する行為は、
たとえ個人や家庭内での利用であっても一切認められておりません。

●お問い合わせ
https://www.kadokawa.co.jp/（「お問い合わせ」へお進みください）
※内容によっては、お答えできない場合があります。
※サポートは日本国内のみとさせていただきます。
※Japanese text only

※定価はカバーに表示してあります。

© Suta Hatomi 2021
Printed in Japan
ISBN978-4-04-913954-9 C0193

メディアワークス文庫　https://mwbunko.com/

本書に対するご意見、ご感想をお寄せください。

あて先
〒102-8177　東京都千代田区富士見2-13-3
メディアワークス文庫編集部
「鳩見すた先生」係

メディアワークス文庫は、電撃大賞から生まれる！

おもしろいこと、あなたから。

電撃大賞

作品募集中！

自由奔放で刺激的。そんな作品を募集しています。
受賞作品は
「電撃文庫」「メディアワークス文庫」「電撃コミック各誌」等からデビュー！

電撃小説大賞・電撃イラスト大賞・電撃コミック大賞

賞（共通）	
大賞	正賞＋副賞300万円
金賞	正賞＋副賞100万円
銀賞	正賞＋副賞50万円

（小説賞のみ）
メディアワークス文庫賞
正賞＋副賞100万円

編集部から選評をお送りします！
小説部門、イラスト部門、コミック部門とも1次選考以上を
通過した人全員に選評をお送りします！

各部門（小説、イラスト、コミック）
郵送でもWEBでも受付中！

最新情報や詳細は電撃大賞公式ホームページをご覧ください。

http://dengekitaisho.jp/

主催：株式会社KADOKAWA